魔豆

魔豆

玫瑰色鬼室友

My Dear Ghost Roommate

vol.2 業事如織

林賾流——著
哈尼正太郎——插畫

玫瑰色鬼室友

vol.2 業事如織

目錄

楔子

十月初，南部秋老虎仍然威猛，一輛銀色光陽一百的二手機車駛出沿著河谷鋪設的縣道；前方一塊綠色路牌標示著距離目的地所剩里程，隨著車穩定前進一會兒便被拋到背後。

我瞄了下手錶，才早上九點，其實行程已經比預定計畫延誤一天，昨天傍晚前就該抵達老家，奈何途中遭遇好幾樁靈異事件——從鬼打牆到機車在無人山路上莫名熄火都來了。我和許洛薇不得不就地過夜，又在白天找路邊涼亭略略補眠，以免疲勞駕駛出事。

我一個要靈不靈的陰陽眼，加上一身血衣卻宛若玫瑰般乾淨艷紅的許洛薇，大概看在沿途的好兄弟眼中格外令人不爽。幸好許洛薇也不是吃素的，儘管有靈異阻擾，但我連半個鬼影都沒看到。我拿出向學長借的佛經默讀定心，機車不能動就牽車走，離開有問題的地點一段距離後仍然平安無事。

轉彎處反射鏡映出戴著安全帽的矮小機車騎士，後座是塞得鼓鼓的大背包。我苦笑一下，如果哪天沒地方住，只能將全副家當帶著走，這張掠影就是我最真實的寫照了。

機車上只坐了個大活人，那麼我剛剛提到的許洛薇又在哪兒？她和一隻野貓一起待在紙箱裡放在腳踏板上，被我的兩條腿卡住安全地固定著，沒有重量，因爲許洛薇是一隻厲鬼。

只要避免一緊張就催油門加速導致摔車重傷的笨蛋行爲，安步當車確保基本生命安全，這趟返鄉之路其實有驚無險。

靈騷對鬼魂來說就像伏地挺身一樣超花力氣，既然如此忍一忍也就過去了，這是許洛薇的慘痛教訓。某隻紅衣女鬼當初很沒品地想騷擾曾當她很多科的中文系教授，結果人家根本看不見。許洛薇光是想推個門縫就氣喘吁吁，研究室門依然不動如山，而且教授還是貓控，想透過貓咪製造詭異氣氛的許洛薇，反而被因野貓來撒嬌很開心的教授摸遍全身、丟了許多豆腐，眞是賠了夫人又折兵。

我一點都不同情她。

「薇薇，小花還好吧？」我們收留的野貓不久前才做完結紮手術，伊莉莎白項圈（防舔傷口用）戴到出發前才拆下，恢復情況良好，也請教過獸醫師確定小花的情況可以帶出門。但我還是不太放心。

「有我在比鎮定劑還好用，安啦！」紙箱裡傳出微弱的答話聲。

白天加上陌生環境讓許洛薇相對虛弱，路程中幾乎都和花貓一起呈瞌睡狀態，替我這個搬運工省了不少事。我擔心他們悶在紙箱裡不舒服，許洛薇卻說還挺有趣的，有種在船艙裡晃盪冒險的航海刺激感。

我們一人一鬼一貓已經是徹底相依爲命的關係了。

「也不能把小花獨自放在家裡，雖然牠差不多都好了。」權衡之下，我們終究決定無論到哪裡都帶著小花，加上許洛薇想獨自行動時需要載體，據她說，還是附在熟悉的動物身上對彼此負擔最小，當然這裡所指的動物也包括了我。

純休息時，許洛薇對小花的控制程度也會放鬆，形成雙方都是懶洋洋的失神狀態，同時降低小花被迫上機車旅行的緊張感。

沒錯，這是一場旅行。

原意雖然是回老家調查冤親債主淵源，我也想藉機透透氣。先前經濟拮据，我從上大學到畢業前後整整六年一次也沒離開母校學區，連畢業旅行都直接跳過，就算許洛薇要爲我出旅費讓我日後慢慢還也被我拒絕。

當時的我被父母欠高利貸的糟糕經驗和自己的學貸嚇壞了，就算只是幾千塊的旅費也不敢往頭上壓；許洛薇得不到我的首肯，只好捨棄原本配合我的國內旅行方案，轉爲和其他朋友出國紀念青春。

這些年我總爲這件小氣往事懊悔，許洛薇畢業前夕跳樓自殺，仔細想想我和她竟連一次在外地過夜旅行的像樣回憶也沒有，以往總是她帶著紀念品和土產美食回來告訴我這次又去了哪裡玩。

直到現在，我頂多稱得上浮出水面吸了口空氣，依舊連作夢的餘裕都沒有。

因此這次我決定騎車回老家，雖然得耗費較多交通時間，也無法停下來遊山玩水，沿途走走停停認路還是比被固定在鐵軌上有趣多了。算上來回汽油錢比車票便宜，又可以省下在當地租車的交通費。

老爸被逐出家族，我受到株連，請人接送或到當地才借車之類想都不要想。我也只是兒時住在老家，之後都是逢年過節才偶爾回去，如今誰也不認識。

「沒有相約長大結婚的小男生嗎？」許洛薇很失望。

「我和爺爺奶奶一起住，跟他們種菜養雞還有去拜拜串門子，都沒認識小朋友。妳那個少女漫畫妄想是怎麼回事？」我搖頭。許洛薇的愛情觀很單純，簡而言之是腹肌、帥哥還有腹肌。

對，你沒看錯，我把腹肌重複了兩次。

提到總角之交，親戚帶小孩互相交流時，看不順眼約好下次決鬥的堂兄弟倒是有幾個，後來沒再碰面便忘得一乾二淨。我從小就不擅社交。

「既然都不熟，妳想好要從哪家開始問了嗎？」許洛薇目前只能待在紙箱，嘴巴卻不曾消停。

「我給那個態度友善的嬸嬸打過電話，報備這幾天要回老家調查家族歷史，請她推薦幾個親戚人選給我。她沒給我名單，推說自己是嫁進來的媳婦什麼都不清楚，要我到當地後立刻通知她。」騎了許久終於遇到一處紅綠燈，我停下來伸伸懶腰，長時間騎車導致全身痠痛。

「她應該是準備向家族裡的有力人士告密對吧？」許洛薇推測。

「這就是我的用意，先打草驚蛇，把我家當祭品的親戚擔心冤親債主被我帶回去，一定會有所行動，那些人堅持裝死我反而無計可施。」

既然沒有欠錢結仇，那些懂得避災門道的親戚應該不至於毒害我，同情也好自保也罷，好歹給我一些指點，不然下次冤親債主就換我當了。我就是抱著這種盤算回老家調查。

我那極度乾癟的荷包也不容許長期抗戰，到了老家我打算只給自己三天時間密集調查，頂多在發現有用線索時延長一、兩天。願意說的自然會說，想隱瞞的人，就算我殺到大門前也沒有權勢逼對方開口，再者我也不想在調查上過度激進，以免刺激到有門路的親戚翻臉對付我和許洛薇。

此行的確只能走走問問，以及實現和主將學長的約定，到他媽媽推薦的王爺廟驅邪，獲得一個「我已經沒問題」的乖寶寶勳章。

「前面就是我的老家崁底村了。」我指著綠意掩映間的一片聚落給許洛薇看。

「咦？不是要回老家嗎？」女鬼見我沒停車，不解追問。

我騎著機車，不到十分鐘已離開村裡彎彎繞繞的密巷小路，沿著兩旁都是樹林的鄉道繼續前進。

「時間還早，我們現在先去找當地耆老打聽消息。另外我說的老家，其實是這個意思。」我在路邊停車，拿出手機打開google地圖。

平時我除了應徵工作外鮮少用到手機，僅作爲不錯過重要通話而保留的對外窗口使用，連月租費也選最便宜的方案，這還是我爲了本次調查特地去辦的短期預付上網，因爲老家也是鄉下，沒有免費的wifi熱點。

用指尖在地圖上畫了個小圓，括進一個鎮和周邊四、五個村，許洛薇站在我身後看著手機螢幕。

「家族定居當地的成員大概分布在這塊區域，面積其實不小，大家有自己的土地、產業和店鋪等，只是當初返鄉置產的人都喜歡買在父母住處附近，然後附近的附近這樣，有些乾脆直接買親友脫手的舊屋。我爺爺住在崁底村，這裡也是我印象中家族老人聚集最密集的點，宗祠就設在這邊，從崁底村開始向海邊方向，機車車程二十分鐘到一個鐘頭的範圍，都可以說是我老家一帶。」我解釋給許洛薇聽。「地圖上是靠近海邊沒錯，但這裡都是丘陵，從崁底村看不到海。」

仔細想想，我的父母直接到其他縣市買房也算是家族異數，可能是對這種傳產密布攀親帶故的模式感到厭煩，又或者希望房子買在有發展潛力的市區，將來可以靠收租養老。老家這邊房產大多是私有地自建自住，很少租人也租不出去。

小時候不小心偷聽過爺爺和老爸的爭吵內容，爺爺希望兒子媳婦繼續工作存錢，讓小孫女在老家住到高中畢業，存下來的錢直接向爺爺買地建屋，定居在附近彼此有個照應。但父母不喜歡這種安排，我小一剛讀完就和爺爺奶奶說再見轉學了。

或許就是這份叛逆和一開始就成了異端的生活方式，導致我家成為整個家族結構裡的離群孤鳥，換作我是冤親債主也會優先瞄準這個好欺負的目標，後來順理成章被當成祭品，光是家族無作為任我們自生自滅就足夠達到殺雞儆猴的效果了。

我不確定父母當初到底明不明白這些利害關係，但他們顯然不知道冤親債主這回事，再說他們是無神論者，我受此影響也是理所當然對鬼神之事不聞不問長大。唉，上一代眞的太多祕密了。

「小艾，右轉那條比較熱鬧的路才是去鎮上，妳到底要騎多遠？我們今晚睡網咖嗎？妳兩天沒洗澡了哦！」許洛薇探出一顆頭說。

我不需要她提醒這種無聊的細節。

「反正鎮上一定找得到地方住，我們都露宿過了怕什麼？」其實許洛薇比我更討厭露宿，鬼魂對自然現象很敏感，一場西北雨對她來說就像下砲彈。

「那妳到底要騎去哪？今天就要去王爺廟驅邪？」

「那件事還不急，我想先去找間小廟，在海邊的山上。」

這也算是我所剩不多的童年記憶裡較鮮明的一筆。記得爺爺常帶我去海邊一座小廟玩，小廟就蓋在俯瞰海岸的丘陵地邊緣，爺爺和廟公是童年好友，當年離開老家時，爺爺還特地帶我到那裡和廟公道別，請廟裡的神明保祐我。

「那位廟公聽起來可能知道冤親債主的事。」許洛薇總算振奮了。

「這我不確定，問是一定會問，但我想先確認當地蘇氏族規到底怎麼一回事？我只知道老爸被趕出家族，具體來說有哪些規矩禁忌根本不清楚。說不定族規本身就藏有線索，刑玉陽建議我別忘了打聽這個。」

「那傢伙還眞會想。」許洛薇有點酸酸地說。

刑玉陽是我畢業兩年後才認識的外系學長，左眼變白時有識破各種非人的靈能力，但是看得不甚清楚，只能辨識粗略輪廓、顏色。他本身讀餐飲和休閒事業管理，現在果然自己開了家咖啡館，又是合氣道高手，一系列人生規劃紮實有效到令我嫉妒。

雖然是個美型帥哥，但脾氣古怪，嘴巴又毒，要不是他是主將學長的好友，加上必須一起去救人，實在不想和這個人有交集。最近得知他身世坎坷，外加爲了開店欠的債務比我還多，勉強當成同志。

他對我的預測分析實在準到讓人害怕。

「族規問題倒不用一定得問親戚，只要是在本地住得夠久的人就可以了，而且也比較客觀。整理好頭緒再去家族那邊出招應該比亂槍打鳥有效。先找一個信得過的當地人探聽我的家族，再找家族裡的老人問過去的事。」我在來時路上琢磨許多次，才終於確定第一階段計畫。

「既然是小時候的回憶，妳現在還知道路怎麼走嗎？」

一開始很陌生，駛過一間間老房子和交錯的道路後，身體似乎還記得該往哪個方向。

「去海邊的路還有印象，怎麼銜接小路上山到時候再問人好了。很奇怪，小時候某些片段總是記得特別清楚，長大以後反而很多事都忘了。」我有感而發。

「好像眞的是這樣。」許洛薇似乎也被觸動一些回憶。

不過那間廟到底祭祀什麼神明我已經想不起來了。

Chapter 01 / 家鄉的祕密

將近中午才找到記憶裡由紅色鐵皮搭建的小廟，我往最有可能的土地公廟猜都猜錯了，原來是間城隍廟，而且在我高中時才從有應公升格，廟體也大大翻新，掛上城隍招牌和賞善罰惡的對聯。

俗語說「水鬼變城隍」，在台灣是真有其事，例子還不少，只要地方居民認為靈驗的土地公或有應公類陰神，總會有人表示神明託夢說某某有應公已受封為城隍或要求縣長加封，可說是一種公會升級的概念。

這間原有應公廟位在海邊，祭拜的當然是水鬼，據說舊時有漁民在海邊撿到木盒，裡面裝著裂成兩半的硯台，於是把斷硯當成某個文人好官的化身，取名叫石大人，幻想青天官人渡海來台不幸落水，一縷英魂仍然庇佑著百姓。過了幾十年，漁村大致上風調雨順，只發過一次瘟疫，傷亡不大，於是又有傳說石大人保護地方有功，已然封神。

這段起廟典故都刻在廟埕外的石碑上，我花幾分鐘讀了兩次，覺得先人實在很浪漫，想像力豐富，利用這種方式調劑精神壓力。

不好，現在不能再用無神論者的角度看世界了。我拍拍臉頰，清風徐徐好想睡。

花貓沿著樹蔭試探性地走到碑旁，表示許洛薇覺得這間城隍廟不具威脅性，但她還是不敢走進廟裡。根據我的經驗，她不是沒試圖入侵過一些小廟測試能力，那些廟卻跟泥坑沒兩樣，更糟的是，有的還是糞坑，多虧我及時把她拉出來。

鄉下地方廟宇密度不是蓋的，大廟小廟幾百間，到處都是坑，坑裡面有什麼？只能說那不是我們當下的行動目的，沒事還是不要亂挖。

香火隆盛的正信大廟等於銅牆鐵壁還通高壓電，而邪靈盤踞，信徒又貪欲自私的陰廟則是陷住靈體同化的泥淖，這些信仰起了很強的聚集效應，影響有好有壞，結論是像許洛薇這種規格外的厲鬼看到廟宇還是閃開為妙。

「有事嗎？」中年人從城隍廟裡走出來，穿著藍色圓領衫加拖鞋短褲，約五十出頭，古銅色的皮膚散發著鹹味，法令紋很深但眼神明亮，那是吹了數十年海風的痕跡。

「我想找這裡的廟公。」我偷偷瞄了眼花貓，許洛薇躲進樹叢了。

「我就是。」

廟公好奇地打量我，年輕女生一個人來海邊的城隍廟拜拜，的確不太尋常。

我忽然一怔，當年在老家的最後一天，爺爺為何要繞遠路帶我來這裡，請一個水鬼保佑我？海濱並非沒有媽祖廟，更別說王爺廟就在崁底村裡，每年廟方活動都是蘇家主導。石大人也不是很有名，只是這處叫頂澳的小漁村特別信祂。

「請問以前待在這裡的老廟公去哪了？我小時候常常看到他，這次特別來請教一些地方歷史。我是蘇洪清的孫女，聽說老廟公是爺爺的好朋友。」其實我知道老廟公歲數很大，不見得還待在廟裡工作，想著碰碰運氣也好，至少能打聽他在哪裡養老。

「妳是洪清阿叔最惜的查某孫，名字忘記了，阮阿爸以前常常談起妳。這麼多年不見，長這麼大了。」廟公一聽是熟人更是親切無比。

「我叫蘇晴艾，你是老廟公的兒子？」我勉強從中年人的回答推敲，其實我對老廟公的印象僅止於他是爺爺好友，其餘一概不知。

「叫阮陳叔就好了，妳阿公以前對阮也很好，可惜伊和阮阿爸都不在了。妳阿爸……可惜了。」陳叔看著我同情地搖搖頭。

原來連外人都知道我家發生的慘事，某某被趕出家族之後臥軌自殺這種聳動八卦，不可能沒人告訴整天都在和信徒交流情報的廟公。

仔細想想，爺爺在家族的地位相當於蘇氏族長（我不確定他們有沒有真的選個族長出來），我爸本來應該是核心幹部，只是過慣小家庭生活的我完全沒有這方面的自覺，難得回老家過年，老爸表現也很低調，總是埋頭吃飯，跑到庭院抽菸發呆，很少交際。

果然是拒絕在崁底村定居的緣故，老爸從此被家族架空無視了。

「怎會這樣？我還想問關於爺爺還有更多上上代的事！」我有點慌。

「怎麼現在才想打聽這個？」陳叔好奇問。

「我只剩一個人了，很多事情都沒聽爸爸說過，要不然就是忘了，突然很想知道以前待過的地方……」我結結巴巴地解釋，希望看起來不會太心虛。

陳叔理解地拍拍我：「阿妹仔，既然這樣妳可以問阮，阮記得的就和妳說。」

廟公那國台語交雜的保證讓我感動得想哭。說眞的，我實在不想和那麼冷酷的親族接觸，才先找非蘇家人的廟公，幸好第一個問起的故舊人士沒賞我鐵板。

「不好意思，我想知道陳阿公顧著這間廟多久了？感覺上好像他一直住在這裡，然後現在陳叔你來代替他，這中間有特別的原因嗎？因爲爺爺以前常常帶我來這邊拜拜，我很久沒回來，不知道有哪裡可去，一下子只想到這裡……」其實是老人家拜得虔誠，我通常都在外面玩。

父子都成了同一間廟的廟公，這會不會和我想調查的冤親債主有關？至少這種代代相承擣成一條繩的感覺強烈得不尋常。

這間城隍廟竟是我在家鄉唯一的錨點，有點唏噓。

「現在也只有妳會問阮和阿爸的事了。來來，進來裡面喝茶談。」

陳叔熱情招呼我進辦公處，我有點扭捏地跟上，並在心中要求許洛薇不許亂跑，希望她能接收到我的警告。

「阮阿爸和石大人有緣才會當上廟公，伊細漢時和親戚出海，船翻了，只有伊抱著漂流木游回岸邊，當時暗冥冥四面都是海，阿爸說伊看到山上有火光才知道岸邊方向，那是石大人顯靈啊！」陳叔興奮地說著頂澳村的神蹟。

於是爺爺的好友被家人帶去認石大人當契子，此後沒事就來灑掃庭除，畢竟是救命恩人，加上當時家境貧困的陳阿公，在廟裡幫忙有好心大媽送飯，閒暇還可藉燭光讀書，遂與石大人廟結下不解之緣。

「當初撿到石大人的小孩是洪清叔伊阿母，阮以爲妳知道才會問起這間廟的故事，算算也快一百年前了。當初有人說石大人牽的好姻緣，才讓老夫人嫁進蘇家不愁吃穿。」陳叔感慨。

「我完全不知道。」我張口結舌，一問才知家族裡的玄事還眞不少。

「蘇家人確實不喜歡別人談老夫人的傳說，現在地方上很少人知道這樁往事了，但阮是石大人的廟公耶！小輩想聽故事阮當然要說！」陳叔哈哈大笑。

然後一個重量級陳年八卦來了。

「阮阿爸和洪清阿叔讀高中時喜歡上同一個女生，是縣內女中的千金小姐，阿爸自知配不起人家，又沒有洪清阿叔緣投，就搓合那兩個人在一起了。」陳叔看來是個性開朗的長輩，毫不遲疑地出賣自家老爸這點讓我立刻欣賞起他。

那個年代能讀高中的都不是泛泛之輩，先撇開爺爺當時是傳說中某種叫「少爺」的犯規生物，我看過他年輕時代的軍裝照片，真的很帥，還和主將學長有幾分神似，都有一股威猛剛強之氣，而且也會柔道，難怪後來成功領導家族。

至於陳阿公在我的記憶裡則是瘦瘦的斯文老人，現在想想，我在老家泛黃相簿裡看到爺爺身邊有個戴圓眼鏡的男子應該就是他了，真的是超過半世紀的友情。

當時日本統治台灣，陳阿公不想替日本人做事，也不想沾惹政治麻煩，加上沒錢繼續升學，便決定回鄉下當廟公，還可以自修學問。地方文人流行扶鸞，有學問的廟公很受歡迎。

至於奶奶，也是高中畢業就去小學教書，只有爺爺繼續讀到大學。大學畢業後兩人便結婚了。

陳阿公終生未婚祀奉石大人，陳叔是他收養的孤兒，長大後經商失敗一無所有，在陳阿公建議下繼承衣缽，服侍石大人，也守護頂澳村，所以陳叔說他能了解我爸的心情，當初萬般不滿只想離開落後地區打拚事業，現在他反而覺得返璞歸真的日子舒服。

茶過三巡，我確認陳叔是個可以信任也能放心提問的長輩，就像主將學長說過的，透過觀察神職人員言行可以掂掂對方斤兩，光是守著香火不盛的城隍廟這份定力，就比那些滿口花花保證靈驗的神棍可信N倍。畢竟想升官發財的人不會來拜城隍，做賊心虛的也不敢來。陳叔這個人給我一種優閒安定的感覺，不過還是比我小時候認識的老廟公要活潑許多。

「陳叔，拜託你告訴我蘇氏族規到底是怎麼一回事。現在還有把人趕出家族的事發生？我不是想和親戚借錢，只是覺得很荒謬。」

同學聊起寒假過年圍爐都是在自己家，但打從我有印象起，圍爐理所當然就該在爺爺家，即使感情疏遠，清明和除夕形式上還是得走個過場。

老爸每年總要拖到最後一分鐘才開始穿襪子，顯然有夠不想回老家。換句話說，現代人不用被趕出家族可能就會自動脫離上一代，在一起時不會如此緊密，分別時也沒有這麼決絕。

趕出家族這件事在當時萬念俱灰的我看來非常好笑，不合時宜的一群人，被趕就被趕吧！省得我花車錢回去過節應酬。父母去世時，我雖然全程配合喪禮儀式，之後卻一次也沒去父母的靈骨塔祭拜，心態還是無神論者，許洛薇的喪禮也是，儀式對我來說比較像是精神安慰。

父母去世時，我學到一個真理，金錢不見得會讓你愛上某個人，卻能輕易讓你恨一個人。

或者被恨、遷怒也算在內。這和貪不貪財無關，活著就要花錢，拿走一個人的錢，等於不讓他活，所以被拗工時或加班費我總是氣得揪心，偏偏不敢辭職，好幾次只能靠練柔道讓自己累得什麼都不想，才不會陷進想殺人的深淵裡，我這人一點都不灑脫。

「阿妹仔啊，雖然蘇家規矩很重，但關於妳阿爸這房的處罰還是有些說不通。」陳叔為我打抱不平。

他不是說規矩很多，而是說規矩很「重」，我留意到這個意味深長的形容詞。

「處罰有問題？」

既然陳阿公是爺爺的死黨，他的養子耳濡目染當然知道不少，找陳叔打聽眞是找對人了，問他一個搞不好抵得上十個親戚。

「大有問題。」陳叔皺眉解釋所謂的族規。

現在這份族規由我的高祖父蘇湘水一手創立，時逢清朝末年，蘇家也是從那時開始起家發達，每代族規皆有配合時局發展略為增減，但基本精神不變。

蘇氏族規並沒有那種通姦就要浸豬籠打死人的殘酷條款，反而像把《禮運大同篇》變成執行企畫案，陳叔還乾脆背《禮運大同篇》給我聽，我有印象小時候每天被奶奶規定寫毛筆字都要抄這個。

一言以蔽之，天塌下來家族罩你，但你不准犯錯。

家族有一份強大的祭祀公業，爺爺就是為家族管理這份獨立財產的人，表面上祭祀公業是祭祀祖先之用，而且經常被派下員（繼承分配權的人）貪污，不過蘇氏祭祀公業卻是欣欣向榮，因爲家族老人經常生前就將財產全捐給祭祀公業，子女基本上除了紀念品以外拿不到錢，派下員必選廉潔剛正者擔任，而且強制規定私人財產必須捐回家族。

然而就算賴皮不捐別人也奈何不了，更有許多手段可以將族產五鬼搬運，奇就奇在歷代管理者沒有人不守規矩，爺爺更是大義滅親，以身作則。

雖然蘇家只有設立祭祀公業，其實這筆資源就兼了學田——贊助學校、成立獎學金和全額負擔家族貧寒成員學費，義田——急難救助金、無息創業借款和日常補助。

法律糾紛的訴訟費、因無心之過開車撞到人的醫療賠償，到生孩子的奶粉尿布錢，家族全包了，甚至常常造橋鋪路做公益。老人們自然認爲與其把財產交給不肖子女敗光，不如捐給家族管理替自己積陰德，順便幫子孫掙點人情聲望。

難怪以前我想走藝術這條路爸媽從不反對，還說找不到工作就算了，老家隨便安排都有薪水可以領。

這麼誇張的福利，當然不能毫無限制地給出去，一旦犯罪就會被取消資格，有的處罰只要當事人努力悔過，到了年限可獲得原諒；但有些罪過則永久放逐，嫖賭毒強姦殺人放火等罪過就是直接逐出家族的零容忍政策。

「阮聽洪清阿叔解釋過規矩這麼嚴的原因，蘇家已經保你衣食無虞，想創業也不怕破產拖累家人，還要做壞事不是貪就是樂，害人害己後患無窮，蘇大仙當初強調伊欸遺產絕對不能有一絲半縷用在助人造孽上，否則報應自來。」陳叔表情肅穆。

「蘇大仙？」

眞是愈來愈神奇了。

□

「上次的天君還不夠，又來一個『大仙』？」手機彼方響起刑玉陽諷刺的聲音，我正對他報告今日收穫。

「陳叔有解釋過，我那個叫蘇湘水的高祖父本人不承認有修行，只是個平凡的農夫，但因爲他實在太神了，鄉里習慣這樣稱呼。」

據說蘇湘水年輕時摔下懸崖僥倖沒死，如同古往今來許多仙人奇遇，脫胎換骨，人變聰明了，考試也一百分……開玩笑的，不過蘇湘水確定寄讀過大戶人家私塾，能讀書識字，在文盲充斥的農村中已屬難得。

村人知道蘇湘水對治病收驚有一套，還能幫忙讀信寫信和商人談買賣，紛紛傳說他法力高強能通鬼神。某天，蘇湘水忽然預言山洪即將爆發，帶領村民逃過一劫，並遷村到現在的崁底村，便是那時起村人開始叫他蘇大仙。

「反正蘇湘水肯定沒出家，不然就沒有我們了。最有趣的是，娶千金小姐好像是這家族的傳統，包括我爺爺在內就有好幾個，反正都是女方家族財經地位更高。表面上門不當戶不對，但岳父居然沒刁難，還讓女兒帶著大筆嫁妝嫁過去，而且夫妻感情很好，生活簡樸，錢都拿來做善事。一百多年前的故事了，眞實性不可考，蘇家人好像都不喜歡提起蘇大仙傳說，只是強調祖先喜歡行善積德而已。」我回憶陳叔的描述。

趁著刑玉陽還在消化資訊，我補上一段認爲比較有用的重點：「我的高祖母去世後，蘇湘水好像就沒再刻意裝成普通人，而是在崁底村半山腰處蓋草廬隱居，死後就地埋葬，那個地方現在還找得到，聽說是風水寶地。」

「原來如此，崁底村裡的王爺廟呢？該不會那尊千歲也姓蘇？」

刑玉陽終於有猜錯的地方了。

「不是，姓溫，溫千歲。聽說是高祖母從娘家帶來的神像，所以才會由蘇家主導起廟祭祀。」我對老家王爺廟的認識只有「比石大人廟大間熱鬧」，還是託陳叔的福才順便了解此行另一個目的地背景。

「那就是瘟神了？」

刑玉陽眞像安樂椅神探。但我現在正需要有人拿主意，至少在陌生地方過夜，有個談話對象比較不會胡思亂想。

「從姓氏上推測好像是，該不會她也有靈異困擾，像是被詛咒得病，和蘇湘水結婚是因爲他能幫她？」我有點陰謀論地猜測。這比以德服人到世家恨不得把女兒嫁給平民要可信多了。

「沒有證據前不要亂推測，否則太想印證自己的答案反而會錯過本來能發現的線索。」刑玉陽訓道。

「好——」我拉長聲音回答，一筆帶過的溫千歲神像，關於高祖母的情報就這麼多了。

「蘇湘水訂定族規時有特別提到什麼條件嗎？」

「陳叔已經說得很詳細，但他不是族人，內部才知道的事情爺爺或許沒有透露給陳阿公，也可能陳阿公未將舊事全告訴養子，或時日已久陳叔記不得。不過，陳叔說他剛被收養時因爲傷口發炎高燒，被養父帶去求蘇湘水救命，他的症狀以今日醫學來說仍是致死率很高的嚴重細菌感染，卻被治好了。陳叔保證蘇湘水眞有其人，只是當時他年紀小又生重病，印象已經很模糊了，過後沒多久高祖父就壽終正寢。」

「不過光憑妳提供的這些情報也能理出一條脈絡了。」刑玉陽說。

我幾乎能看見刑玉陽慢條斯理煮著咖啡一邊思考的畫面。

「快說。」我可不希望他學小說裡的偵探賣關子，要知道，我很可能會變成被凶手幹掉的雜魚A，等偵探來推理殺人手法就太慢了！

「蘇湘水說的『報應』大概就是指追殺妳的冤親債主；而這個與其說互相照顧，更像統一陣線防禦的族規，則是後代子孫的護身符，避免被惡鬼趁虛而入。」

「你這樣猜有何根據？」

「連妳爸爸也不知道冤親債主的存在，顯然這件事在妳的家族裡一直保密著，或者必須滿足某些條件才會被告知危險。老一輩賺了錢想把財產留給子孫是人之常情，全捐給家族說不通，除非……」

「除非他們已經嘗過苦頭，用盡方法也化解不了，只好回到蘇湘水的庇護下，自己再不怕死，爲了子女也一定要捐。」我恍然大悟。

「但是爲何必須保密，說出來大家有個防備不是很好嗎？」

「好端端的妳信嗎？萬一將日子不順全推給鬼怪作祟怎麼辦。或者某個天生殘缺的人被指爲惡鬼轉世和因果病遭到私刑歧視。古時候這樣的例子多了，人們會找替罪羊，通常不會反省。蘇湘水如果眞的是個會動腦筋的大仙，必然預料到弄巧成拙的後果，禁忌裡搞不好就有一條要求不得妄論鬼神。再說，被冤親債主鎖定表示祖上做了缺德事，誰會想公開？那樣樂善好施的團結家族，當然是愈少人知道愈好。」刑玉陽反駁道。

他說的有道理，尤其最後一個理由現實到完全是人性寫照。

在過去的蘇家中，想必不只我老爸一個覺得老家迷信荒誕、不甘被傳統束縛選擇向外發展的家族成員，但他們下場如何已無人知曉。如果我能神通廣大到整理出一份家族非自然死亡名單，說不定內容會很驚悚，目前缺乏這種人脈，找出祖上冤仇祕辛就謝天謝地了。

「只要找到歷代財產全捐的家族成員，對方知道冤親債主來龍去脈的可能性很高，這樣說對嗎？」我已經明白財產全捐不合理，說得再好聽也一樣。

「這也未必，我認爲妳的家族裡眞正的知情者恐怕只有寥寥數人。其他人可能相信族規能保護他們，卻未必了解當年如何結下仇恨。」

「這又從哪看出來的？」

「蘇小艾，假使許洛薇要追殺妳，妳又很有錢，會怎麼做？」

「那還用說？移民她就追不上了……啊！」我拿著手機啞口無言。

「要是能逃到海外的富翁都逃了，還把資源捲走，留在台灣的蘇家人豈不是等死？不能說百分之百安全，但鬼魂的行動力的確有極限，萬一冤親債主看上的獵物逃跑，下個目標要承受的怨恨恐怕又更多了。目前蘇家很明顯是採風險平攤的原則，也不容許有人利用族產累積個人財富後自私避險，最保險的做法，真相只讓少數人代代相傳。」

「那我這次回老家不就查不到關鍵重點了？」我還以爲開頭良好大有可爲，經刑玉陽一分析，頂多只是查到蘇家人圈子裡的常識而已，這也難怪，向世交圈打聽到的情報不會太獨特。

「族規用意是好的，至少沒有惡劣地選出固定祭品犧牲，只是改用福利來彌補那些包含意外或超自然因素的死傷損失，品德教育和金錢支持也可以讓一個人不容易脫離群體關係而變得衰弱、走上偏路。」刑玉陽反過來肯定這種規矩，讓我有些吃驚。

「可是未免太嚴厲──」

「這是禁忌，是護身符，要的不是人情，效果才是重點。護身符要是不能保持潔淨，很快就會失效。一個家庭成員無法自制，很容易把整個家都拖下去，妳應該是最有感觸的人。」刑玉陽一針見血。「陳叔說蘇家對妳父親這房處置不妥，本意是指『妳』應該被族規納入保護傘之下才對。不是嗎？」

我連連點頭應和：「陳叔也說，就算父母被放逐，孩子還是享有家族福利，只是會有些限制避免不肖父母利用孩子牟利，理論上不該連坐。」

「但你都說我家是犧牲品了，那個冤親債主殺性大發，家族無計可施，只好先切割再說。」我愈想愈有氣。

有一點刑玉陽沒指出來，但我心裡有數，我一直用家族這個字眼取代蘇洪清，但最後作主將賭博失控的父親逐出家族、對我下禁止接觸令的都是那個人——兒時我最依賴喜愛的爺爺。

家族永遠比家人重要，老爸恐怕就是受不了這點才逃跑，我現在感同身受。

「刑玉陽，你剛剛問我蘇湘水設計的族規有無特殊條件，這個我雖然沒打聽出來，特殊福利算嗎？就算不同姓，只要有血緣關係，三代之內都在族規的照顧範圍。」過去年代出養和入贅導致姓氏不同很常見，而女子出嫁後生下的後代，血緣濃度和本家是一樣的，我爲姑表兄弟捏把冷汗。

「算。那表示蘇湘水認爲有血緣關係就會被冤親債主當成目標，家族過去可能也有外姓子孫被找過的案例。」

「了解。這兩天大概還有新的線索可以給你，幫我和主將學長說不用擔心。」我抓抓下巴，希望刑玉陽就這麼收線，不過這當然是不可能的。

「蘇小艾，妳今晚在哪過夜？語速比以前都要快，相當不安躁動，許洛薇不是在妳身邊？」

你眞的沒學過拷問嗎？感覺很在行啊，小白學長～

「呃……陳叔本來要帶我去海濱一間有附香客大樓的媽祖廟投宿，但嬸嬸剛好打電話過來，表示爺爺特別留下遺言，只有等我雙腳踏上老家土地才能告訴我，有個地方我可以去住，我就去了……」說到最後我的聲音小到快聽不見。

「哪裡？」

我眞想問主將學長和刑玉陽那種虎軀一震的語氣怎麼練成？每次都讓人頭皮發麻。

「蘇湘水隱居的地方。」換句話說，也是我的高祖父，傳說中蘇大仙埋葬地點。

「妳這傢伙……」

「不要告訴主將學長！」這段問答快變成我們之間的禪宗公案了。

刑玉陽的回答一定是：想得美！但我還是抱著僥倖心態問了一次又一次。

手機彼方，他大概被我雷到無言了，我趕緊爲自己抗辯。

「其實隱居地又不是鬼屋，有廁所也有水電，牆壁還是水泥砌的，我小時候就來過好幾次呢！只是以前不知道有這段故事，一直把山上小屋當成爺爺的祕密基地。」我趕緊修正刑玉陽關於破草屋與鬼影幢幢的腦內想像。

草屋早就沒了，我的曾祖父，也就是蘇湘水的兒子，於原址重新蓋倉庫，在屋外挖了片小水塘，晚年也學蘇湘水種菜養魚隱居，之後這個地方就變成族長專用的休息放空地點。到了爺爺那代索性再改建成一房一廳的小平房，裝設水塔和柴油發電機，中年男子的退休夢想不過如此。

爺爺壯年時就經常獨自來隱居處耕作讀書，奶奶會固定送飯菜探望，只是不留下過夜，童年時代我也被帶到山上小屋過，庭院旁一株百年大榕樹下長滿艾草，據說我的命名靈感就來自那片艾草。

這種野艾不是中藥裡的艾，但是曬乾後用報紙捲一捲點燃卻是天然蚊香，歷代族長總是任其生長再採來利用，綠油油地蔓延了一大片。我看見那片艾草立刻明白爺爺爲何替我取這個名字，他大概希望我成爲打不死的小強。

六歲時離開老家到新居和父母一起生活之前，最後一次請家鄉神明保佑，爺爺帶我去祭拜的卻是石大人而非溫千歲，該不會是爺爺知道石大人日後會從區區一間有應公小廟升格爲城隍？回頭想想被冤親債主纏上的倒楣蛋去請城隍保佑該死的應題。

而且溫千歲香火旺歸旺，似乎也處理不了蘇家的老問題，否則蘇家人拜了那麼多年若有用早該見效了。

石大人是特別的，年幼的我就只留下這個奇妙的印象，直到現在我才發現爺爺選擇海邊破廟而非村裡的大廟爲我祈福，這個舉動相當不合理，卻更像是他的眞心。

倘若爺爺早知我這一家會被冤親債主攻擊，何以不聞不問？我仍然想不通，或許這份疑惑只是我不願徹底承認家族就是需要出頭鳥，一小部分的我寧可認爲有某種難言之隱。

我不會停止調查，無論查出什麼眞相都比不斷瞎猜要好多了。

「那處房子有何異常？妳還沒交代完。」

「一定要說的話很安全……連許洛薇都進不來。」導致我得一個人住在小屋裡，七上八下，心情很複雜。

「結界？」

「看不出來哪裡不一樣，總之擋得住鬼。」這間小屋顯然就是當族長的好處了。

前往山中小屋的交通方式只能靠步行，曲折坑窪的泥土小路連機車都上不去，我扛著行李足足走了四十分鐘，才趕在天黑前抵達有著青青菜圃的庭院。

許洛薇歡呼一聲就要衝進去，結果撞到一堵透明牆，感謝老天沒讓她被燒焦或彈飛。我倆研究許久，找不出漏洞，只能挫敗地承認不愧是大仙的埋骨處，果然有兩下子。

我在附近用雨衣幫小花蓋了個臨時小帳篷，讓許洛薇和貓在紙箱過夜，獨自走進小屋，發現裡面沒想像中灰塵滿布，反而打掃得很乾淨；飲水機是滿的，小冰箱裡也放了些蔬菜水果，廚房有米和麵粉，以及一些自家醃製醬菜。

接替爺爺的新族長貌似也有定期使用這間小屋。我只看到一張請自便的留言，筆跡很好看，沒署名。

打草驚蛇的策略有起效了！這表示我有機會和目前掌管家族的頭頭面對面說話。

小屋的木門被歲月磨得發黑，平常用一條鐵鍊加掛鎖封閉，只能從內部放上門閂卡住，我拿下外側的門栓輕推，木門咿呀著敞開；裡面家具不是木頭就是籐編，我拍了幾張照片傳給刑玉陽，訊號很好。

「刑玉陽，我今天才知道爺爺還有特別給我的遺言，像是早就料到我會回來，規定我住進這間屋子，全世界大概只有這裡能夠絕對防禦冤親債主。太多地方搞不懂了。」

「如果對方預謀在先，妳更要小心，別親戚說什麼妳就信什麼，遺言也有可能是人家編出來騙妳的幌子。」

被刑玉陽一說我更毛了。

「總之，今天收穫不少，明天我就先去王爺廟，把主將學長交代的事辦一辦，這樣可以嗎？」我虛心請教，雖然不問他我也打算這麼做，但我需要他在主將學長面前替我美言兩句。

「蘇小艾同志不通知一聲跑去住鬼屋」和「學妹運氣不錯，家族主動釋出善意，還安排她住在一間有結界的乾淨房子」聽起來觀感就差很多。刑玉陽不是只看結果論的人，他每次都要對我的行爲剝洋蔥，而且像啄木鳥似狂釘我自作主張。

出發當天我眞的完全沒想到要通知學長們，不小心忘記了也沒辦法嘛！反正之前都報備過了，興沖沖回到崁底村和石大人廟也忙著探聽消息，沒打電話回報，以前我唯一會主動回報行蹤的人就是現在跟在身邊的紅衣好室友。

現在許洛薇時時刻刻跟我一起行動，感到安心的我一時忽略了幾時出發、三餐吃什麼、途中路況，和如何過夜這些微不足道的小事也是有人擔心的，尤其主將學長不知道許洛薇的存在，一直以爲我獨自行動，我用騎夜路白天找地方補眠的說法姑且混過露天過夜的話題危機，主將學長相信我一到崁底村就能好好休息，這才對我克難的旅途睜隻眼閉隻眼。

要是他知道我的冒險延續到夜宿山上未知神祕小屋——我打了個寒噤。

我到現在還沒有直接和主將學長談過自家靈異慘劇，結果冤親債主尚未解決，又多了家族疑雲，只能靠深諳主將學長脾性的刑玉陽替我解釋了。我只希望別造成主將學長困擾，也別讓他造成我和許洛薇的困擾。

我能叫刑玉陽少管閒事，但若換成主將學長我眞的沒那個膽推開他。

「保持警戒，還有我管不著鎮邦要不要打電話給妳，自己看著辦！」

我又囧了。

「其實今天也沒什麼好說，就是問到一些老故事，還有許洛薇進不去這間房子而已。」仔細想想我會和刑玉陽囉嗦這麼多，只是離開熟悉地盤一個人過夜太緊張的緣故，決定若主將學長查勤，就挑合理的部分交代。

沒有苟且偷生的餘地，主將學長一定會親自確認我每天行程，頂多是警察執勤中晚點才打，還能和刑玉陽錯開交叉質詢，這兩個人搞不好連聯絡我的時段都私下喬好了，唉。

許洛薇在籬笆外喵喵叫，生怕我忽略她的存在，我不得不大聲回應，等打完電話就出去磨咖啡陪她聊天。

刑玉陽沉默幾秒鐘後忽然爆發。「蘇小艾！妳根本就生在靈異家族裡，為何遲鈍成這副德性！」

「刑玉陽，你生在有錢人家族也沒有比較有錢……」我嘀咕。

「皮癢了是嗎？學妹。」

「對、對不起！」

Chapter 02 / 起乩

這趟旅程意外在家族的隱居小屋落腳，不到兩坪大的小臥房僅擱了張單人床，不知道是誰睡過的被子我也不敢用，趴在書桌上蓋著外套將就過了一夜。

來時我還露宿呢！浴室供應熱水，頭上有屋頂已經夠好了，還不用花錢，由於各種疲勞，我幾乎立刻睡著。

第二天清晨早早醒來，我到庭院暖身，連續做了五十次過肩摔連攻動作，空氣清新濕潤，對面山腰處掛著一條長帶狀山嵐，精神完全來了。

我走到老榕樹下，據說蘇湘水就埋在這裡，還好隱居處是私人土地，不然這棵老榕肯定會變成超人氣的大樹公。蘇湘水去世將近半個世紀，結界迄今不衰，只是警告卻無傷害鬼魂，哪怕許洛薇是紅衣厲鬼，但她衝撞結界時沒有惡意，結果毫髮無傷，我不禁忖度蘇湘水應該是個肯講理的人物。

再說，他是我祖先，撒個嬌不過分吧？

我雙掌合十，將那棵我小時候每至必爬的大榕樹當成蘇湘水化身，誠心誠意祈禱：「高祖爺爺，我是蘇晴艾，謝謝你保護我，但外面那位附在貓咪身上的紅衣女鬼是我朋友，叫許洛薇，她人挺好的，而且很搞笑，可以讓她進來嗎？」

一陣風吹過，枝葉發出沙沙聲。

我聽不出這是Yes還是No，姑且彎腰說了謝謝。

小花身上髒兮兮，玫瑰公主半夜肯定不甘寂寞亂跑，現在正在小帳篷紙箱中累得呼呼大睡，被我叫醒時人貓一體，翻著肚子躺在舊衣堆裡裝死不應。

「薇薇，別睡懶覺了，我向高祖爺爺求情讓妳進去，妳再去試看看。」

「喵喵喵嗚嗚嗚……」意識不清的許洛薇連鬼語都進化成了喵星語。

我逼不得已，只好打開手機相簿，彈了一下小花額頭，逼許洛薇張開眼睛。

「養眼的來了，醒醒。」我將殺手學弟的腹肌照放在貓臉前。

許洛薇瞬間放大瞳孔，翻身站起，接著鮮艷如紅薔薇的身影穿出紙箱，在原地不停扭動蹦跳，貼符都沒這麼誇張。

她重新附在小花身上一鼓作氣往庭院入口走，正當我以為她會順利通過，紅衣女鬼掉出小花身體，灰溜溜趴在地上，小花回過神，發現不在牠熟悉的家裡，立刻想鑽進樹叢；我趕緊一個箭步撈起貓，以免小花亂跑，再把中了麻痺狀態的許洛薇拖回樹蔭下。

白天結界似乎變強了。

「死小艾，妳這個騙子。」許洛薇血淚控訴。

「我是請蘇湘水放妳過去，但我不知道他答應了沒。說不定蘇大仙早就升天了，這結界是自動裝置，白晝想闖關的傢伙比較危險所以用霹靂手段？」我心虛地說。

結果還是No，這棵老樹眞是有個性。我隱約感覺整個隱居地的力量核心就是大榕樹，因爲除了老榕和大梁外，其他地方都整理改建過了，一百年沒變的存在總該有點力量。

被許洛薇噓了整整一分鐘的我只好訕訕回屋刷牙洗臉，弄了簡單早餐再端出來讓許洛薇聞香，發誓回去會好好彌補她，比如主將學長剛洗完澡上空跟我視訊之類，人格保證記得截圖。

雖然我認爲以主將學長的修養不可能衣衫不整出現在異性面前，學武總是會順便訓練禮儀，尤其像主將學長這種有大家風範的高手早就內化了，連休息時都是挺直端正的坐姿。

許洛薇只知道男生的柔道衣裡不穿其他衣物，卻不知柔道其實很注重儀容整齊，比賽到一半都還要停下來整理道服哩！

「沒問題，有機會就幫妳照，一張不夠，照五張好不好？先坐下來休息，歇口氣，我幫妳磨咖啡粉。」我陪笑道。

許洛薇表情痴呆坐在樹蔭下，望著手機照片充電。忽然意識到，我總是叫一個厲鬼白天活動挑戰極限，好像有點鬼畜？

「奇怪？昨晚有人聯絡我。」隱居處沒有電腦，昨夜我陪許洛薇聊完天，洗過澡繼續抄《地藏經》等主將學長查勤，一切結束大約十點就睡了，錯過一通陌生來電。

我以爲家族成員終於來訊，連忙回撥，應聲的卻是個年輕男孩。

「學弟？怎麼是你？」殺手學弟的聲音很好認，總是懶洋洋帶著笑意，和他的常駐表情一模一樣，男生中聲音這麼慵懶的人也不多見。

光聽聲音，你絕對無法想像那個笑咪咪的桃花眼小帥哥，在柔道場上以屠殺男性同胞爲樂，獵物不分白帶黑帶，偏偏一嘴垃圾話很能激發對手鬥志和男人才懂的低級情調，與威壓全場的主將學長屬於不同風格，但一樣狠辣的高手。

柔道社的人很少打我的手機，基本上也沒有需要一對一溝通的私事，只有教練偶爾臨時請假會讓我代傳消息。我老是認錯號碼，看來眞的需要把大家的手機號碼都輸入聯絡名單了。

「前陣子學姊很少出現，一來就是猛摔人然後又消失了，問其他人都說妳狀態不太好，只有一個人知道妳這幾天『第一次』出遠門，眞好啊！想問學姊去哪裡玩？我好參考。」殺手學弟巧妙地用重音告訴我他的疑慮，某種意味上罕見地直率。

狀態不好只是委婉說法，畢業這麼久還離不開學校，柔道社的人多少知道我經濟困窘。我表面上還撐得下去，加上人人都有不爲人知的痲煩，現代小孩子又很擅長察言觀色，便總是不著痕跡地關心我。

於是動不動出現吃不完請我幫忙消耗的貢品，帥哥美女總是有貢品太多又怕胖的困擾，家裡送來的土產也輪番往我身上塞，眞可愛的一群人。

我和殺手學弟的交情始於意外發現他的同志性向，他最初主動接近大概是爲了鑑定我是否大嘴巴，加上我在社團的人脈影響對他稱霸柔道社的野望頗有幫助，於是我們達成了不道德的腹肌交易——我需要控制許洛薇的誘惑照片，殺手學弟覺得很有趣。

再說下去我就要變壞蛋了，打住。

大概是對偶爾不請自來的渾沌心境有同感，只有殺手學弟當機立斷打電話來，委婉探口風問我出遠門是否想不開打算尋短？若情況不對就開導我。一個人能那麼敏感貼心卻不粗魯，往往來自於他也有相似的痛苦，這也是我特別留心殺手學弟的原因，我爲這個大男孩的精神狀態捏把冷汗，看起來愈開朗的人愈讓人擔心。

「回老家探親啦！順便走走吹風。」

「學姊的老家是？」

我沒有自曝隱私的嗜好，但只要有人問起便會老實交代父母的房子已經法拍，早就沒有回去的地方。其實問我的人也不多，偶爾有新人社交聊天問起背景想和我拉近距離，發現不是好話題，後續頂多私下交流情報，省了我解釋的尷尬。

這是我第一次向社團成員提起老家具體位置，以前不說只是覺得沒必要，畢竟上大學前就被家族斷絕關係了。

「爸爸那邊的親戚，其實上小學前我都住在那裡。」我將地名報給殺手學弟，證明我沒有做賊心虛，而是真有其事，他「噫」了一聲。

我又不是從石頭裡蹦出來的，有必要那麼吃驚嗎？

「其實……」

「怎麼了？」

「不，沒事。學姊預定在崁底村停留多久？」

「理想規劃是住幾天就走，但還沒見到想見的親戚，也有可能延長。總之這個禮拜的社團課我沒辦法出席，自由練習也拜託了。」

「今天就是星期五，小艾學姊。」他溫柔地提醒我。

我忙著計畫旅行和調查家族歷史，完全沒注意日期，竟然已經是小週末。

「是喔？那幫我和教練請假。」還好我只是義務的柔道社助教，缺席不算違約。加上社團裡許多人比我強多了，只不過黑帶比較不愛和新人搭檔，或菜鳥不敢摔黑帶，我就顯得無比和藹可親。

「好。」

結束與殺手學弟的通話後，我和許洛薇整裝前往王爺廟。

千歲廟不愧是百年老廟，鄉下地又便宜，光是前庭就和石大人廟差不多大，還得先經過拜亭才能邁入主殿；主建築有兩層樓，樓上另祀福德正神和神農氏。

向廟裡的執事人員說明來意，對方也很友善地表示張女士（主將學長的母親）已先行聯絡過，他們每天都等著我出現，剛好今晚有乩童活動，可將我的情況一併請示神明，請我晚間七點後再來。

我自然沒有二話，心裡卻有點不安，原本只是想讓廟裡的法師隨便替我收個驚應付了事，現在還要等王爺降駕？這間王爺廟大概是祭祀瘟神的緣故，氣場不明不暗，倒是很沉重，這是許洛薇說的；沒看到陰兵陰將或明顯的結界力量，就是一間門戶大開的村廟，但她還是連廟埕都進不了。

罷了，反正乩童也不是每次都是眞的起駕，我給人家面子充分配合就是了。

既然來了，我也不急著馬上走，爲了對晚上的法事有心理準備，我開始觀察廟方環境，不知不覺走到廟旁供人納涼的空地，空地種了兩株大茄苳，樹根浮出地面糾結如蛇，非常奇幻。

以前年紀小，不懂大人怎麼能在廟裡待那麼久，我總是在王爺廟四周摸東摸西數螞蟻堆沙丘，有時坐在樹根上吃餅乾喝飲料，倒也自得其樂。

很多童年回憶都是回到老家親歷實地才逐漸浮現。

我撫摸著茄苳樹身，上頭有些不良少年到此一遊的刻痕，一道畫面躍入眼前，其實我小時候也想在上面刻隻烏龜，卻被攔住了。

是誰阻止我？爺爺？不是他。模糊印象中，那人一身雪白，裙襬曳地，長髮飄逸，非常漂亮的大姊姊。我很肯定當時是白天，就在王爺廟旁，應該不是阿飄，而且她還抱過我。

白衣姊姊約十七歲，我差不多六歲，具體邂逅內容基本上忘光了，只記得她陪我玩了一下午，美好的回憶，那時我只是小朋友，也沒想過問對方名字。

後來每年回老家掃墓圍爐，我都會刻意跑到王爺廟外閒晃，就是爲了遇到她，卻再也沒有見過那個夢幻少女。合理推斷，她如果不是偶爾來度假的當地人親戚，就是到了上大學的年紀去外地求學，畢業後順勢留在都市生活。

當時和同齡孩童總是合不來的我很崇拜那個萍水相逢的大姊姊，總覺得願意陪小孩玩幼稚遊戲的大姊姊很帥氣，還想把頭髮留得跟她一樣長。不知她現在是否已經結婚生小孩了？

我望著茄苳樹頂閃閃發亮的陽光。

王爺廟十幾年來沒多少變化，忽然有種錯覺，自己其實不曾長大。

等待的時間裡，我沒回隱居處，畢竟千里迢迢返鄉是要調查情報，不是趴著睡覺。

我似乎有點懂了隱居處爲何只是隱居處，那點小地方不可能放下所有人，族長還是得出來走動面對現實。爺爺爲何要讓我暫住在山中小屋？是預測到我回老家時已經走投無路的處境嗎？還是不希望我牽連到任何一家？又是誰留下那張便條紙？

連續拜訪幾位親戚都一無所獲，十之八九是寫紙條的人暗中施力阻撓，否則聽到我的問題，對方就算不知答案至少也會好奇怎會有個被逐出家族的小女生到處問東問西，親戚們卻擺出一副不想多談的模樣。

確定此路不通，我只好抱著小花回到王爺廟坐在茄苳樹下琢磨其他辦法，並讓許洛薇在我腿上睡個夠。

刑玉陽和主將學長那邊善後工作不知進行得如何？戴佳琬成功回家待產了嗎？關於前次事件的受害者，沒到她肚裡的胎兒平安生下來我都無法放心，更何況逃跑的共犯也還沒抓到。

好久沒和柔道社以外的陌生人產生關係，我不喜歡也不習慣這種牽腸掛肚的感覺。

然後，日落了。

□

到村裡的小吃部點了乾麵和四神湯開心地解決一餐，小吃部老闆倒是好奇地找我猛聊天，大概因爲我是蘇洪清孫女、蘇湘水的後代。老闆突兀又不那麼意外地告訴我，他祖上也被蘇大仙救過命，原來是個粉絲。

老闆本來要請客，我還是堅持付錢。不知爲何，我意識到，當別人拿我當蘇家人看時，連一塊錢的小便宜都不該佔，否則好像會多出看不見的麻煩，再者我本來就是銀貨兩訖的性格。

我把握機會探問崁底村歷年發生的怪異傳聞，老闆的答案令人失望，鄉里平安，一切正常。

不知是我的冤親債主行事奸巧，還是蘇家人情報保密作業到家，總之崁底村就是個略顯落後卻保守平靜的老人村。

小吃部老闆一聽說我要去王爺廟收驚，立刻大讚溫千歲多麼靈驗云云，絕對不是其他村子阿撒布魯的小廟可比，近年廟方還請了專業人士打算訓練一支陣頭增添威勢，掃蕩地方歹物仔。

眞希望這個專業人士懂得幫我驅逐冤親債主。

我不抱期望地將這條情報列入參考，打算待會驅完邪一併打聽。

王爺廟裡來了兩個年輕人，一個可能是高中生，另一個則像大學生中輟或高中畢業後便無繼續升學，兩人坐在板凳上有一搭沒一搭聊天，表情有些興奮不安，我站在一旁安靜觀察。

廟公告訴我，今天正牌乩童有事要延到十點後才會來廟裡爲我觀手轎，千歲爺只說這幾天可能會降駕，沒指定時辰，因此白髮廟公也不急，備好沙盤等著，果然今天我就出現了，剛好又是訓乩的日子，兩個年輕人則是訓練中的乩童。

我再怎麼不濟也知道，通常只有信徒來廟裡掛號排隊問事的份，張阿姨固然熱心幫我預約，但王爺廟居然爲我一個人開盤，果然就算被逐出家族，我的背景還是脫離不了影響，可見王爺廟和蘇家淵源之深。

廟公又說訓乩不是千歲爺降駕，而是開放各路神明來測試預備役乩子的水準，說不定其中有些神明能針對我的情況先行給些意見，但也有可能一個神明都不會來。聽他的口氣好像對那兩個青乩相當不滿意。

我偷偷比較起這位廟公葉伯和陳叔的差別，陳叔爽朗又有點散漫，喜歡找人聊天，親和力超強；葉伯則是很老了，至少有七十歲，光是站在那裡便硬生生詮釋了「硬朗」的定義，脊椎骨挺得可以貼一把尺，彷彿拿起樹枝就能使出武當劍法。

雖然肉眼看去葉伯不會發光，但套用許洛薇和刑玉陽關於「心燈」的形容，葉伯就是那種心燈非常亮的類型。

我則是被一個紅衣厲鬼和天生單目靈眼的半靈能力者共同認證心燈已熄滅的衰人，等於死了一半，或者正面一點形容，還有一半活著唷！

「囡仔，人手不夠，妳來打板，我打鼓。」

葉伯將兩塊沉重的長條木板交到我手裡，我則緊張地望著老人搖頭。

「說要組陣頭的是蘇家，委員會也都是他們的人，約好的時間忽然都說有事不能來了。剛好妳在這，這勒免學也會打。」葉伯不容我推辭。

我一時有些懵，到底葉伯是幫著蘇家來刁難我，還是葉伯其實討厭蘇家人才對我特別不客氣。但王爺廟說穿了也是蘇家在地方的勢力象徵，葉伯若無關係能得到這個肥缺嗎？族規其實也有庇蔭到外姓親戚。

我拿著響板跟著打鼓的葉伯敲了幾下，其實真的沒有技術含量，就一直「啪啪啪」三連拍，連小孩子也會打，我只需在乩童出現異狀時配合葉伯鼓聲即可，運氣若夠好，一整晚也輪不到我打板。葉伯打鼓果然很厲害，殺氣騰騰，震得我胸口發悶。

葉伯看我會了便放下鼓棒，說要讓兩個年輕人靜心，就走進辦公室做自己的事了。不是要靜心嗎？我看那兩人還是聊個不停，乾脆也過去攀談。

「師父說硬逼我們不動反而雜念更多，乾脆讓我們自己覺得ＯＫ了就去供桌前跪蒲團。」

年紀較小的乩童小高，很高興有人加入談天。

師父應該就是那個今天很忙的正牌乩童？

偌大的廟內空間只有我們三人坐在角落說話，氣氛嚴肅中泛著一絲詭異。

「聽說妳來這邊是打算驅邪？」較年長的T恤男生問我。

「是啊。」我笑笑，沒有多談。

要嘛他們早就透過廟公知道我的委託內容，要嘛他們不知內情，我也不需要讓他們有機會用冷讀術獲得資訊，正好測試這兩個乩童候補生有沒有眞功夫。

我對神明沒啥信心，坦白說，這世上既然有鬼，合理推斷自然有神，而且很多神只是是高等靈，某種意義上也算鬼，比較強大特殊的鬼，刑玉陽也對我確認過神明的存在，這點我相信他的經驗談，可惜所謂的「神明」對現在的我來說還是很遙遠。

上次爲了神棍的事寫信給三位城隍都沒下文，現在我到了溫千歲的廟，難免想試試這位瘟王爺的水深，又不想惹禍上身，最直接的方法不就是看看他的乩身靈不靈囉？能妨礙許洛薇進入廟埕，廟宇本身能說有幾分力量，但也可能是修道者留下來的封印力量，像蘇家族長小屋就是這類情況，本尊仍屬未知。

不過兩人倒是沒有追問，年長的小趙相對比較沉穩，他會當王爺廟的學生理由有些無奈。

小趙獨自機車環島時經過崁底村附近摔車，正是我回老家時走的那條偏僻鄉道，他爲了省錢沒有投宿，打算就這樣騎夜路，在我曾回瞥過的反射鏡那處轉彎出事了。

當時路上無車，不知怎地前輪忽然撇了快九十度，機車登時失去控制，小趙一個人佔著馬路自然貪快，結果摔得不輕，大腿有條十五公分的撕裂傷汩汩流血，全身無力、意識朦朧，連掏手機求救也辦不到。

牛仔褲管全被鮮血浸濕了，眼看他就要失血過多，一輛急駛而來的小貨車及時出現，村民們七手八腳拿著木板和棉被將他抬上車斗載到醫生家急救。原來是崁底村王爺廟忽然發爐，強行降駕指示正在開會討論組織陣頭事宜的委員會去救人。

小趙這條命等於是溫千歲救的，他是溫千歲選的乩身，原本也和我一樣不信邪，回家休養後卻頻頻失神，起乩狂抖，先前小趙重考兩年在家不務正業，家人見神明來選人，考慮之後答應讓他當乩童，好歹神明賞口飯吃，當然他還得先通過考驗才行。

他對車禍地點心有餘悸，描述得很仔細，連帶讓我對進入崁底村前無來由的回眸也覺得有些怪怪的。返鄉這一路上，總有些無人路段我反而寒毛直豎騎得格外專注小心，也不是每處都有問題，但就有一處讓我鬼打牆只好和許洛薇結伴露宿，看來有些地方如果是心燈熄滅的我一個人經過鐵定會出事。

小趙的慘痛經歷使我感同身受，情緒變得更低落了。蘇小艾妳要是沒有玫瑰公主在身邊，現在應該已經變成阿飄在追殺冤親債主了吧？

至於小高，替神明辦事是他的興趣，他覺得乩童非常炫，積極努力之下居然也有幾分感應，我無法理解這種拚命想踏入靈異界的人。

這對差了幾歲的乩童練習生一起住在王爺廟委員會提供的房間，感情很好。

一個小時後，小高忽然離開板凳，到供桌前跪下默然不語，我和小趙沒再聊天，接著小趙也跟上去靜跪合掌。

我屏氣凝神等著，卻沒有馬上出現超常現象，足足又等了一小時，我本來想出去透透氣順便安撫現在鐵定不耐煩的許洛薇，忽然意識到一件事。

難道就是因爲許洛薇堵在外面，小高和小趙才遲遲無法起乩？

搞不好真的有可能。

你瞧，許洛薇既然是鬼，難得有機會取得第一手資料，我當然也想問問關於神明的模樣，許洛薇卻說她從來沒目擊過神明。這點固然和她一開始就被困在學校跳樓位置當地縛靈有關，但之後解禁跟著我活動，仍未在路上發現這類珍稀存在。

所以才有了我們去大廟小廟踩坑的測試事蹟，雖然只花一天許洛薇就嚇到了。並非我們遇到很多神明，而是更接近地看到許多恐怖之地，有些是噁爛到恐怖，有些是莊嚴得恐怖，至於裡面有沒有神我們也不清楚，畢竟有的地方她眞的進不去，有的進去差點出不來，我只能看到普通的廟內擺設。

仔細思考過玫瑰公主的外星腦迴路和懶人習性，我猜想問題可能出在她沒看到覺得是神明的存在，並將見過的非人一律歸類於鬼，其實有些非人在一般人的標準中已經算是可以拿香拜拜的對象、高等靈或頂著神明名號辦事的基層幹部。

難保某些小神看在許洛薇眼中和她自己差不多，而她是個領域性很強的紅衣厲鬼，不喜歡被其他靈體任意近身搭訕，再說，有的神明學問好不表示擅長打架呀！

我得先看看許洛薇的狀況！希望外面不是已經在一個打十個了。

才剛走到門口，我不放心地回望，小趙不知何時蹲起馬步，手掌拍打大腿，雙腳輪流跺地，嘴巴不停發出「咄」、「咄」、「咄」的怪聲，沒幾秒工夫，小高也出現相同反應。

起乩了？我立刻擔心起許洛薇，神明進來時會傷害她嗎？不行，我得馬上過去！

「蘇晴艾！回來打板！」葉伯喝住我。

我進退兩難，但老人聲音裡有某種力量震住了我，我只能乖乖走回去拿起木板，葉伯手持兩條紅布飛快圍在小趙與小高腰上，接著打鼓。

鼓聲一起，我硬著頭皮敲板跟上，在強烈的節奏包圍中，兩個乩童面對面抖動跺腳，怒瞪對方。

這時，小趙忽然探手抓起放在供桌上的小手轎。

手轎其實就像裝了兩支橫桿的正方形迷你木椅，專供神明降駕時以轎腳書寫沙盤。小趙剛抓住手轎握柄，小高也握住另一邊，兩人便開始上上下下晃動手轎。

葉伯一雙鷹目死死地盯著兩名乩童，手轎晃動的速度愈來愈快，乩童的表情叫聲也愈發癲狂。

我隱約感覺鼓聲和手轎正在纏鬥，葉伯想用長鼓點壓下手轎顛動，手轎卻瘋狂加速，葉伯迫不得已才追上去。現在手轎正用快得看不清楚的速度反覆被乩童們舉起放下，小高已滿身大汗，小趙卻一滴汗水也沒有，臉色白得嚇人。

時間看似過得很快，但我掃了眼手錶，從葉伯開始打鼓已經將近十分鐘了。柔道對摔光是持續五分鐘就足以讓社團大學生喘氣軟身、大叫救命，葉伯這樣全力打鼓也不遑多讓，我很擔心他的心臟撐不住。

那兩個乩童看似已到了體能極限。

正當轎腳要落到沙盤那一刻，葉伯忽然放下鼓棒，用手掌按住鼓面，大殿頓時靜得剩下回聲，手轎似乎愣了愣，停了幾秒後繼續晃動，只是沒繼續企圖在沙盤上寫字。

「來者何人？」葉伯走到小趙身旁沉聲問。

葉伯問話口氣超不客氣，難道降駕的並非正神？

兩人仍拚命晃著手轎，小趙卻忽然歪過頭咬向葉伯的臉。

小趙鬼魅般的動作讓我渾身冷汗都飆出來了，幸好葉伯靈妙地一轉身堪堪避過，那身法帥得讓我差點鼓掌叫好！

「葉伯！」我叫了一聲，想過去幫忙。

「別過來，繼續打板！慢慢打。」葉伯厲聲阻止。

我踏出的腳尖只能又縮回去。

葉伯抽出一大把香點燃，繞著乩童們走動，有時揮掃，有時點動，口中急速唸著咒語，兩人仍像被手轎控制不爲所動。

「阿高，在否？」葉伯左右觀察著兩個年輕人，喚了那個小的。

小高仍是低頭瞪著手轎，置若未聞。

「猴死囝仔。」葉伯低罵一聲，張開虎口食指勾住小高下巴，大拇指尖朝他人中用力按下。

小高痛得一縮，手上動作也停了，只是仍死死抓著手轎。

「嗷——」小趙仰天怪叫，怪力一起，握住手轎將小高與葉伯一起掃倒在地；葉伯撞到供桌跌倒，接著又被小高壓到身上，我的心跟著一抽。

我當機立斷將響板丟向小趙，第一塊沒中，第二塊成功擊中他的屁股，小趙轉身怒瞪我，眼中閃過綠光。

他那不諧調的表情讓我想到扮成無極天君的符仔仙亡靈附身吳法師時，全身上下肌肉張力不一的怪異感。

手轎就像黏在他身上了，小趙正要朝我衝來，沒想到小高竟然掙扎地跪起，拖住手轎不讓小趙過來我這邊，口齒清晰朝我大喊：「阿姊妳快走啊！」

原來他並無中邪，剛剛都是演的！

我一來很怒，二來又怕，闖過許洛薇沒辦法突破的結界，連葉伯都制不住的怪異，現在只剩我能戰鬥了！

「蘇晴艾，別亂做傻事，這裡有我處理，去找妳堂伯來！」葉伯跌倒時似乎傷到了腰，仍努力掙扎想站起。

我他喵的會知道葉伯要我找哪個堂伯，還清楚那人住哪裡才怪！

遠水救不了近火，我抽出架上用竹竿製造的簡易神槍，笨手笨腳朝小趙刺去，刺中手轎，豈料小趙卻在這時丟下手轎撲來，距離太近我繼續拿竹竿反而會卡住自己，於是也跟著丟掉武器，徒手以待。

深呼吸，等小趙撲到眼前時以一個小內刈摺倒他，再順勢前滾翻，撈起手轎。話說我拿手轎做什麼？

只能歸咎於竹竿太難用了，手轎的大小材質重量剛好襯我。

小趙渾然不覺痛，晃晃頭起身又朝我衝來。

我想起刑玉陽曾用來對付我的入身摔，重點不是怎麼摔，而是他很可怕地瞬間挪移到對手背後這一點，後來我也請他教我訣竅。小趙即將揍到我的那一剎那，我轉身前進一步，讓他撲了個空，動作雖然不漂亮，好歹這傢伙的背整個暴露在我正前方了。

我掄起手轎怒吼——

「Ctrl－·」第一下。

「Alt－·」第二下。

「Delete－·」第三下，收工。

暴走的乩童終於倒下了。

□

如果有人問我爲何不用擅長的柔道跟被怪異附身的小趙打，他一定沒有打架經驗，人一緊張憋氣馬上就會疲勞，女生體力更是有限，我就是練柔道時經常用光體力，只能當死魚一條，才會清楚危險時保留體力逃跑的重要性。

既然如此，那麼要一擊必殺嗎？先別說能否順利施技成功，萬一被對手抱住拖倒行動困難，馬上就會陷入前述危機。

此外，讓小趙的後腦勺多親吻幾次堅硬地板，就算趕跑上他身的髒東西，乩童變成植物人也沒比較好，所以我才改拿武器毆打他。順帶一提，這也是上回主將學長對我特訓時千叮萬囑的實戰重點：沒事盡量別空手。

我曾問過主將學長和刑玉陽，戰鬥時有機會拿到武器是否要用，或者直接使用自己熟悉的技巧更有把握？這兩個柔道和合氣道高手異口同聲說：「有武器當然先上武器！」

即使學長們都擅長徒手格鬥，但手上有東西可以發揮距離緩衝與良好的嚇阻效果，沒人會笨到主動扔掉優勢，雖然奪武器又是另一個領域了。

只能說王爺廟的小手轎挺不錯的，手感輕盈，重心剛好，實乃揍人利器首選。

我守了小趙幾秒，確定他不會馬上跳起來，只是趴著喘氣，於是趕緊去攙扶葉伯。

「囡仔，妳這是什麼咒語？看起來挺有效的。」

葉伯這一問，我冷汗立刻狂竄。

「隨便亂講的英語啦！是溫千歲的神器靈驗，呵呵。」

「係喔？我在澎湖時也遇過阿豆仔有幾招還可以，當然比不上我們的媽祖娘娘。」葉伯很自傲地說。

我按照葉伯的吩咐，扶著他來到供桌前，白髮廟公用我聽不懂的方言祈禱幾句，接著在香爐裡抓了一把灰，我陪他沿著牆將所有角落撒了一次灰，某種透明之物像蛇一樣沿著牆角溜了出去。

現在我又看不見附身小趙的怪異具體形態了，果然我的陰陽眼能力高低和許洛薇息息相關。她在廟外、我在大殿，我倆沒合體她又被某種力量卡住不能動時，我只能很勉強地一瞬瞥見葉伯口中若隱若現的「歹物仔」，也許因爲那種東西不是鬼，連鬼魂都看得不多的我更難看清楚非人怪異，畢竟我不是刑玉陽那種寬頻帶的白眼。

老人家雖然腳步輕靈，筋骨卻是禁不起撞擊，我也順便上了一課，不要隨便靠近被附身目標旁的人，以免顧此失彼，想救人反而被偷襲。

從頭到尾，小高一直跪在地上不曾站起，葉伯祈禱時，他也只敢用膝蓋往旁邊挪開。

「師父，阮錯了，不要趕阮走。」小高涕泗四濺，不停朝葉伯磕頭。

原來那個專業人士就是葉伯！

「伊中了歹物仔，你也陪伊演，成何體統！」葉伯怒斥。

今晚開放乩身實測相當於初階畢業考，小高太擔心被小趙比下去，加上請神不是每次都能成功，難得感應入身也是十分裡能起五、六分乩難得了，尤其今夜更是半分也沒有，於是他急了。

騎虎難下加上被夥伴表現煽動時多少有點不由自主的衝動，小高拚命想弄假成眞，差點連自己都說服了，甚至沒能判斷近身的靈體好壞。

小高淚眼汪汪看著我，希望我能打圓場幫他說話。

我聳肩愛莫能助，畢竟我對乩童專業不足，再說神職人員還是適任者擔當比較好吧？於是拖來板凳請白髮廟公坐下。「葉伯，我去幫你們叫救護車。」

「免，聯絡蘇醫生來就好。」他制止我。

果然村裡住著一海票蘇家退休專業人士。「可是我不知道電話……」

小高乖覺地跳起來，「我來聯絡！蘇家阿姊仔辛苦了！坐著休息就好！」

雖然他叫我叫得很親熱，我可是不以爲然，沒打算支持小高年紀小小就追隨鬼神生活的興趣。

「我想親自和蘇家人說話。你把名字和電話簿位置告訴我，不能讓葉伯和小趙獨自待在大殿。」我眞的得馬上脫身去看許洛薇，她太安靜了，玫瑰公主不可能毫不好奇我爲何在廟裡待那麼久。

還以爲我們之間存在著某種精神聯繫，這讓她在出事時能找到我。緊急時許洛薇就算衝破一、兩個結界也不意外，她不就爲了救我從地縛靈的死亡陷阱裡爬出來了嗎？

「罷了，你們兩個一起去，我來顧趙仔，等這款來顧我不如死死卡緊。」葉伯掃了一眼小高後不屑地說。

其實撇開體力不說，我和小高小趙加起來對付靈異的專業能力，恐怕還不如葉伯一根手指頭，我只好訕訕跟著小高前往辦公室。

看在小高在危急時至少企圖讓我先逃的份上，我決定勸他一勸：「別再叫我蘇家阿姊，我早就被趕出家族了，還有乩童這一行眞的不是人人可當，你總不會一輩子住在廟裡，萬一不知在哪被鬼附身怎麼辦？」

小高翻著電話簿，回頭不好意思對我笑笑道：「阿姊，我知道妳爲我好，我還是很想走這條路。我不會騙人騙錢，如果神明有需要，我可以一直住在廟裡，不交女朋友不結婚。師父眞的很厲害，我現在只想跟在他旁邊多看多學。」這個高中生話裡有股與年齡不符的堅決。

如果只是小孩子一時衝動還好，倘若小高的執著是眞，那就有些驚人了。但我沒資格說別人，反正小高未成年，有的是時間嘗試不同志向，葉伯看來會妥善處理，我也就不雞婆了。

「你聯絡那個蘇醫生，我出去用手機打個電話。」我不顧小高勸告剛剛上小趙身的怪物可能還在附近，逕自去找許洛薇。

我總覺得忽略了某些細節，偏偏身體還沉浸在打鬥餘韻中，腦袋很難沉澱思考，要是刑玉陽也在現場就好了。

Chapter 03 / 溫千歲

「薇薇，妳在哪？」我正要直接走出王爺廟結界去找她，赫然發現她已經越過牌樓，站在昏暗的廟埕中。身邊還有一個男人。

鬼火照不亮現實物質，我雖然能看見許洛薇，她身邊的人卻被黑暗遮蔽，這種視覺經驗其實比鬼影更磣人，乍看我容易反應不過來，其實模糊的那邊才是活人。

「誰在那裡？」我喝了一聲，暗暗覺得人影有些眼熟。

「小艾學姊，這麼晚了妳還在這邊？」有點撒嬌韻味的慵懶男聲，帶著點驚喜。

「學弟？」

他走到廟門口燈光照得到的位置，我立刻冒出遇到熟人的安心感。

用許洛薇抽風時的文筆來形容，殺手學弟生得唇紅齒白，有著一雙平常看起來就像在笑的桃花眼，頭髮理成清爽的三分頭，使線條乾淨的五官更加明顯；全身透著一股純真的魔性，倘若換上一襲充滿禁忌風情的海青，便是那妖物化身的俊美僧人，誘惑著女人沉淪色香愛慾的永劫牢籠。

許洛薇看過我手機裡沒打馬賽克的殺手學弟眞面目，我只是照背她用詠歎調發表的花痴感想。

此刻穿著迷彩運動褲與工字無袖黑色棉質背心的殺手學弟也算一種凶器了。

目前才大一的殺手學弟很認眞維持外表水準，許多女人還沒他努力。他無疑很好看，不過我覺得殺手學弟太過整齊刻意追求完美，讓我這種有點邋遢的女生頗感壓力。

「你該不會白天講完電話就出發到崁底村堵我了吧？不對呀！我沒告訴你我在王爺廟……」我們通電話時他還在學校，忽然出現在我的家鄉總不會是偶然。

「嗯哼，專程騎重機過來的唷！」殺手學弟給我一個燦爛的笑。哇噻，黑漆漆的夜空好像放了無數煙火。

「今晚不是有社團嗎？你現在這是幹嘛？」

「因為很在意學姊回老家做什麼，本來想明天才給妳一個驚喜。我回家看見屋裡沒人，猜阿公一定在廟裡就過來了。」青年興沖沖地說。

殺手學弟認為殺到崁底村堵我一起玩兩天，比大同小異的社團活動有趣多了。

「葉世蔓，該不會葉伯就是你阿公？」我這才反應過來殺手學弟和白髮廟公同姓，柔道社大家的名字我還是記得的（因為主將學長忘名事件我後來特別去惡補過，全背起來了。），但殺手學弟不喜歡自己的名字，反而要人用綽號稱呼他，畢竟一個gay頂著「世蔓」這個名字眞不知嘲諷誰。

「是啊！小艾學姊說妳老家在崁底村我也嚇了一跳，太巧了，妳居然還是『那個』蘇家人！」

既然是廟公孫子，他肯定知道本地各種蘇家傳說，加上我反常的返鄉行爲，果斷來看好戲。

「但村裡的小孩子我不記得有你。」清明掃墓與除夕圍爐後放鞭炮的親戚團聚時刻，我因爲不想和家族同輩混在一起，反倒會去找村中小孩玩，至少和比我小四、五歲的兒童相處毫無壓力。每年累積印象下來也和不少在地小孩混個眼熟，尤其我還去過王爺廟許多次，不可能殺手學弟和我同鄉我卻沒認出來。

「我老家在澎湖啦！小時候也沒住過崁底村，是阿公退休後被邀來溫千歲這邊當桌頭兼廟公，放假時我會來看他過得好不好。因爲小艾學姊都沒回來，根本沒發現妳是本地人。」

他的口氣聽起來有所隱瞞，我掩飾許洛薇存在時也是那類說話語氣，所以我立刻就起疑了，但還是先把葉伯受傷的意外告訴他，關於小趙中邪的部分我不知該怎麼說，乾脆以起乩出了問題帶過，讓葉伯去解釋。

不確定殺手學弟看見大殿亂象作何感想？但葉伯是他親人，我一時管不了那麼多了。

殺手學弟果然面露擔憂，立刻往內殿跑。

其實裡面已經塵埃落定了，我決定留在廟埕等蘇醫生抵達，順便問許洛薇爲何忽然能進來？雖然只是過了座牌樓，但她今天一整天都被擋在外面。

「啊，極品的腹肌～嚇嚕嚕……」

當我沒問。

正當我向許洛薇描述大殿中的中邪事件，順道問她外頭是否有發生異狀，後方又傳來新的騷動。

高興得太早，沙塵暴才剛颳過來。

一道人影衝了出來，殺手學弟緊追在後，又是小趙！

葉伯顫巍巍跟在後面，極力想追上兩人，奈何受限腰傷落後一大段。

「小艾學姊，他掙脫我的壓制，幫我攔住他！」

對上刑玉陽那種合氣道高手效果不好說，但目標是我這種練過六年柔道、基礎還算紮實的老鳥時，殺手學弟的壓制威力不亞主將學長，對付普通人理應綽綽有餘，這樣小趙還能掙脫，只能說他狂化到不怕斷手斷腳或潛力全爆發了。

「好！」我再度張開雙手迎面衝過去，用大外刈弄倒小趙，再度換給殺手學弟接手控制。

這次我學乖了，立刻命令小高找條繩子。

「薇薇，妳剛剛有看到像是透明大蚯蚓之類的髒東西溜出去嗎？」小趙給我的中邪感覺和剛剛不太一樣，先前非常亢奮，現在則眼袋發青、口吐白沫，我懷疑附在他身上的妖異不是剛才那隻。

「好像有，一轉眼就不見了。」許洛薇還在狀況外，指了指外面的水田。

「很強嗎？」

「沒啥感覺。」

那就是比許洛薇弱了，這樣一來又很奇怪，厲鬼的許洛薇被擋住，這些不知是啥的雜魚卻可以自由出入。

但我還來不及理出頭緒，小高就帶著一綑粗麻繩從旁邊的庫房走出來。

正當他要經過葉伯時，我驀地浮出不諧調感。爲啥小高還拿著麻繩慢呑呑摸魚，殺手學弟可是辛苦壓制小趙中，他不該用跑的嗎？

「小艾，叫那個男的不要靠近老伯，他身上好像附著什麼！」許洛薇忽然指著小高大叫。

「葉伯小心——」我不假思索喊出聲。

小高卻快我一步抖開麻繩，冷不防勒住白髮廟公脖子！

幸好葉伯反應也快，立刻將手掌貼在脖子上，沒讓繩子直接勒住氣管動脈。饒是如此，他還是被小高用力往後勒，整個人吊離地面，兩條瘦腿兒不停掙動，整張臉瞬間漲紅。

小高勒著葉伯，嘴裡嘰嘰嘰嘰發出怪鳥般的恐怖笑聲。

靠！一個兩個都被附身了！現在我們該怎麼辦？

我衝過去給小高鼻子一拳，他愣了一秒，葉伯用個我不知該怎麼稱呼的方式掙脫麻繩，在這同時我已經將小高摔在地上，使出袈裟壓制；葉伯則迅速反應，跪到另一邊擒拿住小高空著的另一手。雖然葉伯看起來仍然暈眩不適，但這個老人家眞的很猛，絕對是練家子。

我們兩人合力制住小高，情況卻沒有改善。

現場唯一雙手空空、行動自由的人只剩下許洛薇，她一臉茫然看著我。

我該叫她用厲鬼形態攻擊小高小趙身上的怪物嗎？但現在是在王爺廟前，驅鬼應該不是我們的責任，再說我隱約感覺來附身的好像不是鬼，至少不是每隻都是，而是更加奇形怪狀的東西。

「葉伯，一共有幾隻？一定不只一隻。」我用目光飛快掃了掃小趙的方向。

「囡仔，我看不到，但感應到歹物仔愈來愈多，附在阿高和趙仔身上是最大隻的。」葉伯喘著氣回答。

「不會吧？」我囧臉以對。

「我剛剛就請王爺出手，不知爲何沒回音。」

溫千歲到底靈還是不靈？說不靈，牌樓的結界就放在那裡；如果很靈驗，祂的兩個小乩童卻在大殿裡被邪物劫持了。

小高又發出怪笑，眼淚口水流了滿臉，這個小孩子現在真的很像精神失常的病人。我把他的頭緊緊抱在懷中，不敢有任何放鬆，心裡則是怕得要命。

小高瘋狂地掙扎，我甚至擔心他會把自己的頸骨扭斷，終於明白為何殺手學弟壓不住小趙，這些怪物根本不在乎被附身的人類身體會不會被弄壞。

要是主將學長或刑玉陽在我身邊就好了，我不想碰到這些被附身的人！

「這兩個囝仔也是歹命，被冤親債主纏住才到廟裡來找王爺庇護，變相給你們蘇家人照顧。」葉伯在我身邊壓著小高騰動的下半身解釋。

我一愣，冤親債主的關鍵字像鋒利箭簇射進心裡，喚醒我的恐懼和疼痛，但也刺激了我曾被操控的屈辱，現在的我只要聽見這個關鍵字就會發火，天皇老子我也照揍不誤。

蘇氏族規是針對冤親債主特別設計衍生的保護結構，核心觀念是趨吉避凶、團結禦敵，就算是外人，只要被納入保護圈中也絕對比一個人流浪躲藏要安全，雖然代價是放棄自由。

溫千歲是蘇家推舉供奉的神明，祂的靈驗代表蘇家的保護圈有效，換句話說也能抵擋追進來的冤親債主。

所以我誤解了小高和小趙，他們其實和我一樣，只是選擇服侍神明，找到一處安身之處消災避禍。但我的親身經驗是一味躲藏忍讓，永遠沒有眞正的安全，所以蘇家歷代也不得不丟棄一些成員，其中一個是我父親。

殺手學弟飽含痛苦的叫聲令我回過神，現在危機當頭，實在不是自憐身世的時候！

「阿公！伊要上我的身！」殺手學弟的聲音像全身都在猛烈抽筋，我光聽就替他感到痛，他的大腿和肩膀也的確開始出現明顯可見的抽搐，臉色發青咬牙切齒，即將壓制不住小趙。

「撐著！別給媽祖娘娘丟臉！」葉伯吼回去。

殺手學弟眞的用意志力保持清醒，我後來才知道他這麼做比一般人還要困難很多，小高和小趙則是一點反抗都沒有就被得逞了，畢竟他們受了許多讓自己成爲開放容器的訓練。

「薇薇！幫幫忙！」我還是忍不住向許洛薇求救！

「我沒辦法變身！這邊還有結界啊！我全身都好重，想睡覺。」許洛薇欲哭無淚，眼看又要變回我剛發現她的樣子——被困在跳樓自殺的那塊地面上動彈不得。

沒想到我最後的王牌許洛薇也被封了，難道我們只能被動等到蘇醫師趕到現場再搰人幫忙？萬一小高還沒打出那通求救電話就被附身了怎麼辦？我應該在旁邊監督他打電話的，該死！

小趙終於掙脫殺手學弟，貓著腰，四肢著地朝大門快速爬行，充滿異形感的動作會讓我作惡夢！這個倒楣乩童歡快地喊著：「我要死了！我要死了！」

那隻附身怪異有夠惡毒！知道繼續攻擊我們討不了好，頂多僵持不下，至少找個地方弄死一個倒楣鬼也好！廟口一段路外有處很深的圳溝……

偏偏我不能放開小高，受傷的葉伯打不過他。

見死不救的溫千歲！混帳！

殺手學弟四肢虛軟甩著手站起，我莫名知道他被不只一隻無形存在圍毆，那些東西也打算帶走他當祭品，他卻想自己去追被妖異帶走的小趙。

快想想，蘇晴艾，總是會有辦法的！

我的武器是許洛薇，要讓刀出鞘，就得有動力！

「學弟！脫上衣！快！」

殺手學弟看著我，表情很驚訝，卻毫無質疑立刻脫了背心！有如巧克力塊的藝術品頓時出現了，那片健美胸膛到臍下兩吋之間的區域，在昏暗燈光邊緣勾勒著深沉誘惑的線條。學弟你的運動褲腰這麼低眞是太好了！

我對許洛薇大喊：「薇薇！那個被附身的男生要跑了，揍到他倒下啊！妳要在腹肌面前丟臉嗎？」

女人矜持可以不要，但許洛薇對腹肌的愛絕不容許質疑，她跺地怒叫，倉庫中響起一陣重物移動的碰撞聲，接著一頂木造大輦懸空飛出朝小趙撞去。

許洛薇狠瞪大輦，大輦隨她的意志力移動，撞得小趙一個趔趄，在他站起來時再度橫掃，木條狠狠打在小趙背後，他登時趴倒，卻不知痛地靈活跳起，這時大輦趁機像畚箕裝垃圾般，將小趙裝進椅身，懸空離地有三人之高，開始飛快旋轉不讓他有機會跳下逃脫。

我、殺手學弟和葉伯看著這萬分神奇的一幕，半個字也說不出來。

□

起碼也要八個男人來抬的大輦就在空中咻咻咻地旋轉，不可不謂之奇觀。

我先是閃過「錄下來放到網路一定會紅」的謬想，立刻打量殺手學弟的反應。爲了救人，我還是讓許洛薇曝光了，該怎麼圓過去？等等，他會不會也像葉伯一樣沒有陰陽眼，把一切推給溫千歲大顯神威可以嗎？還是乾脆胡謅我有超能力？

正胡思亂想當下，我和殺手學弟視線相交，他的表情除了驚異以外，還多了某些只有我能理解的成分，而他在望進我眼睛裡時，我明白他也跟我有同樣想法，這讓我覺得很糟糕。

我們都在好奇，許洛薇到底能把那麼重的物體懸空轉多久呢？嘿嘿！

對不起，這真的只是單純的科學興趣。

學弟從頭到尾盯著大輦和小趙，一次也沒望向許洛薇，初步能假定他沒有陰陽眼。

大約轉了三十多秒，一隻比貓略大的四腳動物影子被抖下來，飛快竄入角落，沒有去遠，仍在附近虎視眈眈。

王爺廟周遭的壓力愈來愈重了。我恍然大悟，方才溜走的透明大蚯蚓並非真的逃跑——我那蹩腳的毆打怎麼可能有效。它們是去呼朋引伴了。

我和許洛薇好像誤入了一個局，這處陷阱針對今晚會在王爺廟裡的人，所以原本約好要參加活動的蘇家人溜了，卻順水推舟將我送進來。張阿姨打過電話來預約，蘇家人一定知道我會來王爺廟。

但我到王爺廟的時段不見得就是他們想要的，再者我並非真心想驅邪，就是走個過場，除非有某種情境讓我在關鍵時間留在關鍵的地方，比如說廟公需要人手支援，而我的背景會讓葉伯理所當然要求我幫忙。

這大概算某種蘇家人早已嫻熟的風險迴避？葉伯是他們找來幫忙訓練陣頭的高人，畢竟是外人，而我被趕出家族後也不算自己人了，雖然沒有仇恨，但讓我們去扛某種危局倒是很方便。

然後是殺手學弟跑來自投羅網，雖然多了個武力值極高的後輩在身邊令人安心，不過這個愛玩的傢伙遲早要吃苦頭！專業人士的神通法術可能很厲害，但我還是比較相信眼睛看得見的技術，用隅落摔人就像呼吸般輕鬆的殺手學弟是我的可靠後盾，前提是他沒被附身。

「學弟，離王爺廟最近的蘇家人家怎麼走你知道嗎？」我猛然問。

「知道是知道，學姊打算怎麼辦？」殺手學弟挑眉問我，一點也不緊張，像是阿公的傷勢還比較可怕。這孩子究竟怎麼了？太淡定了吧？

「這間廟是待不下去了，我們不可能撐到天亮，去找蘇家人避一避，反正這些鳥事他們肯定有責任！村子不大，馬上就能到。」我口氣很差地說。

殺手學弟一愣，對了，他還不知道我早就被家族除名。

正是禍水東引的策略，這些妖異總不能永無止盡鬧下去，只要有更多人幫忙，先處理眼前的問題就足夠了，至少今晚小高和小趙的命被瞄上這點無庸置疑。

我總希望被冤親債主盯上時有人能挺身而出，替我解決危難，只是來的不是高人，而是一隻紅衣厲鬼，給的說法也很不靠譜，我們就這麼跌跌撞撞緩過來了。

其實並不是沒人伸出援手，主將學長和刑玉陽都很認眞想保護我。遇到被惡鬼玩弄的戴佳琬，與同病相憐靠當乩童保命的兩名年輕人，我就像看見沒有許洛薇他們出手干預時，自己很可能會有的悲慘未來，忍不住想做些什麼。

「不可，王爺的意思是讓我們待在廟裡，再說離這邊最近的蘇家人，家裡有三個小孩。」葉伯聽到我們的對話後，立刻否定我的提案。

「那學弟你快點去打電話求救！」我也束手無策了，和葉伯一起壓著小高。我的手機還躺在包包裡，方才說要打電話只是做個樣子。

「我換過衣服，手機沒帶在身上。」他嘟囔著就要行動，一聲砰然巨響，大輦落地。殺手學弟不得不先暫停腳步警戒備戰，情況不明時他不會讓葉伯和我離開視線範圍。

轉了足足有一分鐘，許洛薇的表現不俗。

小趙癱在神轎上，臉孔慘白，忽然上半身一歪開始嘔吐，吐了兩、三口後身上跌出一條模糊人影。

原來許洛薇轉動大輦就是要他吐，她居然記得用我當初掙脫冤親債主的刺激方式，簡直神了！反倒是我忘了要用這招對付小高，低頭望望這個高中生用力咬合的牙關，還是打消戳他喉嚨的念頭。

我此刻壓制的小高說不定比狼犬還凶暴，不想和自己完整的手指過不去。

「學弟你來接手壓制小高，讓葉伯去打電話求救，小趙身上的冤親債主出來了，我過去談談。」我深呼吸，希望不會後悔。

「學姊……」殺手學弟和葉伯都一副不贊同的樣子。

「試看看，有效就賺到了。沒關係啦！我有幫手。」這樣下去耗光體力不會比較好，我和殺手學弟還能撐一會兒，葉伯眞的是老人家了。

再說，我和許洛薇聯手二對一，在那股壓力匯聚到最高點前還剩少許時間，若能弄醒小趙，光是不用押著他逃跑，還能騰出手腳戰鬥，比浪費一個人去防守要好上不知多少。

情況和我前幾次見鬼時很類似，我看不見附在人身裡的鬼魂，但許洛薇在身邊，我們兩個都戰鬥意識高昂時，能清楚地看見某些鬼，可惜沒有刑玉陽的白眼，鬼魂以外的品種仍然無法目睹，頂多只是一些模糊透明的輪廓，異常的空氣波紋，還是妖異動得很厲害才能勉強察覺。

要是妖異偷偷從背後摸近附上身，我毫無還手之力。

目前我頂多就比麻瓜強一點，卻和看不見的葉伯一樣感受到那股百鬼夜行的壓力。

這表示情況眞的糟透了！

我當機立斷要許洛薇揍爛小趙的冤親債主，下個目標就是小高身上那隻！

許洛薇學乖了，改爲用腳踐踏惡鬼，畢竟洗手比泡腳累，之後去小水溝淨化她就能空著雙手用我的身體滑手機，一泡起碼數小時很無聊的。

那隻惡鬼被踩了好幾下後，哀叫著不知從哪抽出一支小黑旗，嚎著他是官方同意合法討債。

這下子我更怒了，身爲苦主我可是把冤親債主的資料都查了個遍，和刑玉陽討論的結果，五色旗既然是法器，自然是神明與其行令下屬才有資格拿，被惡鬼拿在手裡揮來揮去一來掉價；二來私人恩怨如何結清，這種曖昧不清的命令不合官方管理邏輯，就算民間信仰裡有鬼魂拿著黑令旗來復仇一說，也絕對不是給你討命用。

「薇薇拿來我看看。」

許洛薇一把奪過小黑旗，我湊上前觀察，做工花樣粗糙，怎麼看都不覺得這支小旗子有賜人生殺予奪的資格。

「喂，你這支旗子哪來的？愈看愈像山寨貨耶！搞不好是你自己假造。合法？合誰的法？有合中華民國刑法嗎？蛤？」我不客氣地質問。

他還要爭辯，說這旗子很久以前就在他身上了，某個神明允許他追殺轉世仇人。許洛薇啪嚓一下折斷小黑旗。

「眞正的黑令旗應該不會這麼脆弱吧？一定是假的！有意見就告訴我發旗的傢伙是誰！如果眞的是哪間廟的神同意這種荒唐做法，我就到全台城隍廟和關帝廟都問一次，確認那個神明到底有無資格發黑令旗！說到底你遇到的玩意眞的是神明嗎？我最近揍過無極天君呢！你的名字也給我報出來，我要去驗證，沒作賊心虛就說啊！」我惡狠狠地朝那隻惡鬼比中指吼道。

結果那隻男鬼還眞的心虛了，抱著被踩扁的頭偷偷跑掉。我沒讓許洛薇攔阻，還得節省力氣應付接下來的難關。

葉伯和殺手學弟一臉驚奇地看著我，比目睹大聲在天上轉還要不可思議，像是在說：「這樣也行？」

還沒等我走到小高身邊他已昏倒，許洛薇嫌不夠八卦地湊過來告訴我，附在小高身上的是個女鬼，大概被我們專挑臉打的惡劣手法嚇到了。

暫且把冤親債主從兩名乩童身上趕出來，我一點也不高興，四周瀰漫的臭味已經重到我想假裝沒聞到也很困難了。

小高和小趙就像兩個蓋子壞掉的空罐，只要我們稍有疏忽，立刻就會被趁隙而入。我毫不懷疑冤親債主的卑鄙程度，那種不屈不撓的惡意絕對不能略佔上風就輕忽大意。

「葉伯，眞的不走？」我拖著勉強還能站的小趙，殺手學弟揹上小高，委屈葉伯自己走，許洛薇斷後，我們現在勉強還能撤退，遲些就走不了了。

葉伯很遲疑，他還沒來得及下決定，陣陣混著塵沙枯葉的旋風包圍住我們。

稍縱即逝的時機已經過去。

「囡仔，有時候，妳可以相信神明。」葉伯語重心長對我說。

葉伯第一眼就看出我不信神，以前是不信神明存在，現在不信神明會幫我。神明幫人這種觀念一定準確嗎？如果是用契約交換條件，我還願意相信以物易物的道理，但準備供品紙錢祭拜和捐錢做好事就能換得一生安全？萬一照樣倒楣再推給因果要你還債，老天也愛莫能助，在我聽來都像神棍的謊言。

但我不想像小高和小趙一樣，將全部人生交易給那一邊，我沒有這份信仰。

「如果神明要幫我，那當然最好，但沒有我也不意外。」我這樣回答葉伯，屋頂響起哄然大笑。

那陣嬉鬧像是先前就存在，只是喇叭音量忽然被調高，我現在才聽到。

屋頂上冒出許多或蹲或坐打扮奇怪的人影，不少人只有我的一半高。王爺廟上方塞了少說快五十個「人」，一半以上穿著不倫不類的盔甲，手裡拿著各種兵器，連釘耙和鐮刀都有，與其說部隊更像山賊。

被圍坐在中央屋脊上，一個身材比例正常的白衣人終於起身排開手下（我直覺認定那傢伙是老大），走到屋簷邊俯瞰我們。昏暗加上那人全身都散發微光、模樣不甚清楚，我不敢再看下去，有個龐然大物已經來到我身後，我要叫許洛薇變身一起戰鬥了。

「薇薇——」我剛轉身，一隻土片與瘴氣融和的棕黑色怪物朝我撲來，那隻形體不斷變化的怪物起碼有三公尺高，許洛薇不知被何種力量綁住，只能站在原地扭動肩膀。

「急啥呢？小東西，都進廟裡等著。」一道柔和聲音在我耳畔響起。

接著那名白衣人展開摺扇跳下屋簷，像一隻降落水田的白鷺般優雅無比，與我擦肩而過的同時，揮扇將那條怪物斬成兩半。

「廟裡的大姊姊？」我居然在這時看見兒時一直縈繞懷念的身影。

同樣的少女容貌，溫柔的聲音和纖細體型，長及膝彎的黑髮束成瀑布般的馬尾，經過陸劇洗禮的我已經能毫不費力認出那是男裝，再說，對方胸部很平。

「要叫大哥哥喔～」白衣人用異常有現代感的口吻糾正我。

「你是雙胞胎對吧？」我不抱希望地問，只因那人的眼神非常熟悉，顯然他認識我，我也認識他。

「小艾居然不是問我是誰呢～？」

啊啊啊，這什麼語尾上挑的浪蕩語氣，把當年那個溫雅冷靜的大姊姊還來！

冷靜還是沒變的，白衣人繼續冷靜地招呼手下一擁而上，將潛伏在王爺廟各處的妖異趕出來，冷靜地把一干怪物當青菜切斷切片，再冷靜地指揮手下用推車將怪物屍體載走。

「我隨便猜也知道，你就站在廟頂上……」我不想再說下去了。

「進去吧。各位替我引了這麼多髒東西來，做得好。」他又提醒了我一次。

我抱著許洛薇肩膀將她拖進大殿，她居然沒有任何負面反應，只說莫名其妙不能動了。葉伯在我的轉告下同意撤退，揪住小趙的衣領半拖著他走，殺手學弟扛著小高，然後他毫不含糊地將兩個問題乩童綑得紮紮實實，我則站在大殿上凝視著王爺神像。

到底是誰雕的？一點都不像，還有鬍子！

偶爾還會聽見廟外傳來金鐵交擊聲與動物慘叫，我們面面相覷，沒人敢說話。難堪的沉默中，時間流逝顯得格外漫長，對我來說簡直像經過一天一夜，其實才過了一個小時，許洛薇忽然能動，我對此解釋爲外面應該結束了。

「葉伯，我出去看看。」我握住許洛薇的手腕，鼓起勇氣往外走。

「學姊。」殺手學弟也想跟來，我做了個阻止的動作。

家鄉的祕密近在眼前，任何人都不能妨礙我發現眞相。

□

明明繁星滿天，整晚都沒有下雨，廟埕卻充斥著大雨過後才有的乾淨氣息，完全看不出剛剛才發生一場慘烈戰鬥。

由於溫千歲實力太變態，底下戰鬥部隊也不是吃素的，慘烈指的是精怪單方面遭受蹂躪。之所以會花這麼多時間，是因爲他們想盡可能砍多碎就砍多碎。

一位看起來像是師爺的人物很好心告訴我，精怪殺不死，至少他們這些鬼將陰兵無法殺死精怪，眞的毀滅其他眾生也有違天和，所以只是重創目標延長復原時間，這樣一番鎭壓大概可以維持一處地方十五至三十年的安穩。訣竅在必須一次砍得夠多，殺雞儆猴，本地品種先血洗一通，順便震懾外來者不敢擅自移入。

師爺又說，溫千歲從幾年前就開始設這個局，一方面對本地精怪挑釁，包括讓蘇家人組織專屬王爺廟的陣頭壯大聲勢；一方面讓葉伯訓練乩童（本來溫千歲只找了小趙一個代言人，小高則是自己黏上來，看他可憐也收了。），等到開放過路鬼神訓乩考驗時，再賣個空子假裝不在，誘導精怪合力來奪走王爺乩身報復，方便一網打盡。

「葉伯也說過訓乩的考驗是開放式的，這不就是歡迎來踢館的意思嗎？」我顫聲問。

「要假裝廟裡紀律鬆弛、無人看守花了我不少工夫，要是陣列森嚴可就沒戲唱了。」溫千歲很大方地告訴我他的屬下裝扮如此「放鬆」的原因。

「那許洛薇進不來的原因是……」

「當然是我擋下來，她這種大厲鬼進來，我的獵物們還敢來嗎？不過我也是啦！後生晚輩剛好順道教教規矩。」溫千歲微笑。

「也是什麼？」我頭皮發麻。

「厲鬼囉！妳不是心裡有數嗎？我們這些『王爺』可不是上天正式敕封的神明，我身上也沒有官袍。」

許洛薇有點畏縮，後來她告訴我這是她第一次遇到絲毫無法抗衡的對手，完全嚇壞了，硬要打會很慘，溫千歲直接用實力警告她在他的地盤最好乖一點。她才死了兩年，溫千歲卻有種存在很久的感覺，當然不是因爲他穿古裝。

「那你怎麼不是紅衣？」我質問。

「因爲本王辛苦工作多年早就洗白了呀！」

怎麼聽都像是開玩笑！但我覺得溫千歲這句話隱約對應到許洛薇身上不自然的玫瑰色。如果我從今天起努力規範許洛薇做個好鬼，總有一天，她是否也能卸下這一身鮮紅，避免落入一失控就變成異形的厄運，正常投胎做人？

「王爺，我會在今晚來到這裡怎麼看都不像偶然，可否指點迷津？」說白了，被考驗的不是小高、小趙，根本就是我。

「妳有何疑問？」

這不是明知故問？我想磨牙了。

「想殺我的冤親債主來歷？我的父母到底是不是那隻老鬼殺的？要怎麼樣才能打敗他？蘇家人用何種辦法趨吉避凶？你可以救我嗎？代價多少？」我一口氣傾倒問題。

「本王沒有義務要幫蘇家人！再說因果輪迴不歸地方神明管，頂多是有緣時稍微擋上一擋。打鬼可以，但捉鬼也不是我的工作。像是小趙，倘若他離開崁底村太遠就鞭長莫及了，本王專長是鎮守妖精～」

「你沒回答我的問題。」

「因爲妳提問的方式不對，小東西。有句老話叫天機不可洩露，要不，回答最後一個問題：幫妳可以，代價是當我的代言人，終身制。」

溫千歲說出這句話時，許洛薇無意識地抓緊我的手臂，我像被尖銳的冰塊刺中。

「你不是有小高和小趙了嗎？」我脫口反問。

「妳也看見那兩個青乩今晚的表現了。」溫千歲扶額表示無奈。

的確是慘不忍睹。我默默有同感。

「爲何是我？我之前一直都是麻瓜，這樣能當神明代言人嗎？」我直白地問。

「就憑妳能像現在這樣口齒清晰和我交流，可以替我省下許多力氣。要知道，附身可是件苦力活，乾淨好用的容器幾乎都是官方專屬。」溫千歲說到「苦力活」這個字眼，有如在說必須每次都靠自己挽起袖子洗廁所般帶了點嫌惡意味，同時望向大殿方向。難道乾淨好用的容器是指葉伯？

「我沒辦法答應，成爲你的代言人就意味著不能繼續和許洛薇在一起對吧？另外你說會幫我，不表示能解決追殺我的老鬼，那就是保我不死而已。要是出家就能徹底解決問題，以前的蘇家人這麼做就好了，也不會輪到我現在站在這裡和你『口齒清晰地交流』。」多虧刑玉陽的特訓，我開始懂得留意各種情境漏洞。

我不想把場面弄得太僵，又補充：「這個提議很誘人，只是我暫時不想當神職，而且有非達成不可的目標，沒辦法專心替你辦事。」

眞的很誘人，親眼看見溫千歲的強悍，忽然發現自己天生就崇拜強者，意識到這種傾向甚至讓我有些驚嚇，當這個半官方的神明說要幫我，一瞬令人無比心動，但才過幾秒鐘我就清醒了。

非達成不可的目標是找出許洛薇的死因，有必要就為她復仇；其次是為了父母和我自己對冤親債主復仇，最好能斬草除根。無論哪邊都是漫漫長路，受神明庇護的不自由生活將與我的目標背道而馳，更別說和除了是隻鬼外一切活跳跳的許洛薇分開，這一點尤其無法忍受。

不還手等於默認那隻老鬼殺人討債沒錯，我非還手不可！另外若擔任神明代言人，來問事的民眾誰都要幫，偏偏不能幫最重要的朋友，對我來說太荒謬了！

雖然溫千歲說他曾是厲鬼，但衡量他和許洛薇，以及精怪諸冤親債主的直觀差距，本地人多年的虔誠信仰，我認為他還是偏神明多一點。溫千歲無疑有本領拆散我和許洛薇，還我一個不被鬼怪附身的乾淨生活，卻不是我想要的。

「眞可惜，我倆非常有緣，蘇晴艾。」溫千歲毫無預警閃現到我身邊，以近乎曖昧的低柔語氣說。

我知道，溫千歲和我在小時候見過面。話說我難道六歲就被王爺看上了嗎？這句話聽起來有點邪惡。

「我必須要薇薇在身邊才看得見鬼神，離開她便沒有當靈媒的本事了，大概是時運過低被刺激出來的不穩定能力。」我對溫千歲找自己當首席代言人這件事感到非常不安，不禁多嘴想打消他奇葩的想法。

溫千歲給我一個既不肯定也不否定的高深笑容，讓我更加七上八下。

「其他答案真的不能說嗎？」我不死心地問。

「妳的問題，我都知道謎底。」

本來就不奢望可以免費拿到解答，確定有個知道答案的人存在讓我欣喜若狂了，之前大海撈針真是受夠了。

「尋寶遊戲尚未結束，不讓我評估妳的實力，告訴妳太多事反而是害妳送死。小艾，妳也不想不勞而獲對嗎？」溫千歲這句話好比一根木棍打在我頭上。

我僵硬地點頭。

王爺又在捉弄我了，我能有什麼實力？用腹肌照片操控許洛薇戰鬥，還是好孩子不要學的物理驅邪？無論如何，溫千歲暗示我去找的某樣東西就在崁底村裡。

「我會努力找到寶藏。」看來得捏緊荷包再撐幾天了，好在我是無業遊民，什麼沒有時間多得可恨。

「乖孩子。我該下班休息了，再會囉！」溫千歲再度很現代人地打了個呵欠，揮揮手。

「你不是住在廟裡嗎？」

「誰會天天住在辦公室裡？哈哈。」這位雪白王爺這樣回完我以後消失無蹤，連帶那群陰兵凝聚的肅殺之氣同時散逸，僅剩少數氣息巧妙地沉澱融入周遭，停駐在王爺廟的各處戰略位置，看來溫千歲留下了平常的駐守人馬。

Chapter 04 / 祖孫都是專業人士

遇到神明了。

照理說超神奇的際遇，卻是滿滿的莫名其妙。我還沉浸在悵然若失的心情中，又一道黑影偷偷摸摸從牌樓大紅柱後冒了出來。

我眞的得建議廟方在牌樓外加裝照明燈了。

拎著水電工具箱的中年鬍碴男子，穿著髒兮兮的綠色T恤和牛仔褲，看我的眼神像是有隻暴龍站在廟埕中。

他繞過我直接走向葉伯，我對這個不夠友善的陌生人毫無問候興趣，就這樣默默看著他向葉伯問話，接手幫忙善後。然後蘇醫生來了，大人們一副凝重緊張的氣氛，我不知該如何開口打聽蘇家話題，再說現場還有傷患，最後蘇醫生和一個可能是他兒子的年輕人將五花大綁的小高和小趙帶上私家車，載回去驗傷安置了。

不幸中的大幸是葉伯只是肌肉拉傷，蘇醫生按過傷處，診斷這幾天多休息就沒事了。水電工就是那個說好要幫我驅邪的乩童，不過人家平常還是有其他工作，我偷聽到他們對蘇醫生解釋訓乩風波時語多保留，葉伯和乩童看來和蘇家人並不完全同調。

有件事更讓我煩心，水電工大叔一直瞪著許洛薇，這人絕對有陰陽眼！貌似剛剛躲在外面目擊了王爺兵團大戰地方妖精的精彩畫面；現下大家都一副精疲力竭、不想多言的樣子。

水電工大叔決定留下來守著王爺廟，讓葉伯和殺手學弟可以回家休息。

我掙扎著是否要告訴他溫千歲已經下班的事，末了還是決定先處理我這邊的燃眉之急。

「那個……我想……驅邪……」我弱弱地對水電工大叔說。在場每個人都心知肚明王爺才剛剛大掃除完，眼前的正牌乩童偏偏看得見許洛薇和我十指緊扣，姊妹情深。

睜眼說瞎話需要天分，我現在就很羞恥啊！

水電工大叔無言地看回來，我幾乎能讀出他的潛台詞：哩滴衝三小？良久，葉伯乾咳一聲道：「阿復，你就替伊觀一下，請問王爺的意思。」

「觀啥米觀！你沒看到他們已經在聊天了！」水電工大叔不爽地爆料。

糟了！

先回神的殺手學弟眼神發亮，有如發現ＥＴ般密集掃瞄我，葉伯慢半拍才意會到水電工大叔口中的「他們」指的是溫千歲和我，表情頓時相當微妙。

「王爺和妳說什麼？」正牌乩童又一記直球。

我被觸身球砸得手忙腳亂，一時只想到神明找我當代言人這事最好還是先保密，畢竟我準備推掉，不想橫生枝節。「溫千歲說現場搞定，他先下班了……」我沒說謊，只是省略重點而已。

這下無言的人更多了。

「小艾學姊好厲害呀！」殺手學弟指著大輦，比了個旋轉的動作。

「呃，我也不曉得怎麼辦到的？好像是守護神幫我唄？」我本來還想把一切推給溫千歲的神力奇蹟，但既然這個乩童少見地兼了陰陽眼，還是別亂說話比較好。

幸好水電工大叔只是看得到，好像還聽不見靈異對話。

「伊就是妳的守護神？這勒查某衝三小一直看阮下面？」乩童用食指指著許洛薇的方向，這下葉伯和殺手學弟也知道該把視線轉到哪邊了。

「水電工大叔肚子挺結實，戒掉菸酒再加把勁，就能練出不錯的腹肌了。」許洛薇很認真地對我握拳表示。

「是……是這樣的，我的守護神很喜歡腹肌……」我含羞忍辱地解釋，總比被誤會許洛薇喜歡大蘑菇要好，但腹肌真的有比較高貴嗎？悲哀的是，許洛薇有多痴迷腹肌，就多討厭蘑菇，這兩樣東西偏偏靠得很近。

仍然赤著上身的殺手學弟忽然走到我面前轉身繃緊肌肉，正當我一頭霧水時，他雲淡風輕地朝我眨眨眼，丟了個炸彈：「我的背肌也是很有看頭的，學姊覺得怎樣？」

「對不起，學弟，你要普渡的對象不是我。」

回來驅邪的我為什麼變成幫乩童驅邪的人？總覺得情況變得更糟糕了喂！

「總之，其實我沒事！但是張阿姨或我的學長丁鎮邦打電話來廟裡確認時，拜託你們說有幫我我好好驅邪過。我只是不想讓朋友知道，我是這個體質。」我彆扭地找了理由。

水電工大叔看著我和許洛薇的眼神充滿懷疑，大概是我的態度非常堅決，他沒再說什麼；殺手學弟則是心有戚戚焉的表情。

用五分鐘達成共識，我很滿意，拿起手機一看才剛要子時，等等和廟方借手電筒走山路更方便，這表示我可以在一個小時內回到隱居地梳洗睡覺，明天有整整一天讓我去應付溫千歲的挑戰。

結果老廟公一聽我要騎機車回黑漆漆的山腳再走林徑上山，立刻命令我去住他家，加上殺手學弟放了行李後是騎老舊腳踏車來廟裡，不方便載人，我的機車正好能送傷到腰的葉伯回家，明知接下來等著我的又是拷問，還是沒辦法拒絕長輩，只好答應了。

葉伯是我夢寐以求的高人，雖然沒有陰陽眼，但來頭絕對不簡單，與其讓水電工大叔之後拿許洛薇向他做文章，還不如我第一時間就幫玫瑰公主爭取好印象。不過我都已經當面和溫千歲聊過天，再來一個高人似乎也沒什麼了。

南台灣的夏夜彷彿永遠不會結束，一點都不像十月的天氣，兩旁草叢不時傳出蟋蟀和紡織娘的叫聲，更顯得夜風沁涼無比。騎著腳踏車的殺手學弟落在後頭，許洛薇和小花則待在腳踏墊放著的紙箱裡。

葉伯告訴我他曾是澎湖天后宮的資深乩童，獲得媽祖娘娘同意退休，卻因爲後繼無人加上蘇家力邀，以及其他神明推薦，溫千歲也的確有靈，才幫溫千歲訓練乩童。站在半隱居原則上不想回應其他小神指定號令，王爺廟的暫用乩童必須另外請人。

殺手學弟則是葉伯這輩子最得意的傳人，完美通過一切乩童考驗，還沒上高中就揹著令旗官印爬過刀梯，成爲眞正的神明代言人，但高二那年孫子忽然堅決不做乩童了，拚命讀書只想上本島某間大學，就是我們的學校。

「憨慢仔（葉伯對孫子的暱稱）就是荒廢修行，剛剛才會差點被歹物仔上身。」葉伯同樣唰啦啦就把殺手學弟不想讓我知道的過去掀出來，老人家覺得沒有見不得人之處。

我當然明白殺手學弟爲何不想當乩童，那個和他接吻的斯文書卷男應該是同校學長，而我從來不覺得殺手學弟的性格和「憨慢」有任何掛勾，但他在葉伯眼中的形象顯然如此，而且他在自家科系裡的風評似乎是個陽光帥哥好好先生，柔道社果然是殺手學弟紓壓解放的蘆葦洞。

葉伯恨鐵不成鋼，我也對殺手學弟年紀輕輕就冒出厭世滄桑氣息的原因有了更深一層了解。

無論如何，今夜在我的人生中又是一場驚險特殊的戰役。

許洛薇得到隔空移物的新能力，我則獲得正大光明拿神器毆打廟方人員的恥力，真是可喜可賀、可喜可賀……個頭！

我好想哭。

□

我帶著被王爺兵團和溫千歲本人嚴重圍觀喜劇的破碎身心，跟著葉伯和殺手學弟回家過夜。

葉伯說我們也算是撞了煞，最好馬上洗澡去去穢氣，他的住處自然很安全。雖然溫千歲砍了許多精怪，怎樣也不可能一網打盡，就怕漏網之魚在氣頭上無差別攻擊，葉伯有心維護，我自然要領他這個情。

許洛薇附在小花身上也跟著進屋，表現得有些拘束，看上去沒有不舒服反應，大概是因爲我們都不具惡意。葉伯拜的家神是媽祖娘娘，他領著我和殺手學弟先去上香問候，才讓我們坐下休息。

這次沒能目睹神明化身，卻有一股祥和之氣瀰漫在神像附近，待在神龕前感覺舒服平靜，表示我和許洛薇被允許暫時在葉伯家避避風頭的意思？我在心裡默默向這尊溫柔的女性神祇道謝。

蘇家給葉伯分配了一間獨棟兩層樓老房子，屋齡超過半世紀，裝潢一切都很復古，樓上的小廁所配備僅有低矮的黑色墊圈馬桶，和水流小得可憐的迷你白瓷洗臉台，唯一的浴室在樓下。

我被排在第一個，捧著一盆泡著柚子葉的熱水去浴室淨身，殺手學弟拿了他的備用T恤和運動褲給我替換。看著自己這身打鬥過大汗淋漓衣服又縐又髒的狼狽模樣，對比整潔得令不摺棉被的我有罪惡感的床鋪，我還眞沒資格客氣。

原本有些不好意思，但殺手學弟一臉「這是儀式」的坦蕩神情，加上他與我的六歲年齡差完全就是弟弟，又是沒必要提防的gay，轉念一想也沒什麼了。

我先用肥皂洗乾淨身體，才小心舀著散發淡淡柚香味的熱水再淨了一次身，感覺有點懷念，似乎在我小時候也經常用這種泡著葉子和小石頭的熱水洗澡。兒時許多事如今已經非常模糊，印象最深的只有石大人廟和白衣姊姊。

知道白衣姊姊的眞實身分又是悲劇襲來，總覺得溫千歲性格不太純良，說得難聽點，他很可能是每部動畫至少要配上一個的那類變態役，而且這年頭變態一個比一個酷帥美麗，還有沒有天理？

洗到一半，殺手學弟敲了敲浴室門傳話，等會兒大家淨身完，葉伯要煮宵夜給我們吃。

經過一番等待與打鬥，我現在的確飢腸轆轆，但一想到上飯桌會被盤問，馬上沒了食慾。葉伯剛才在路上主動交代自家背景，擺明希望我能投桃報李。

該不會是被誤認成同行了？我剛穿好衣服差點又要流冷汗。

順手洗了髒衣服，按照殺手學弟方才的說明，找到洗衣機丟進去脫水，握著擰乾的內衣褲左顧右盼無人，立刻踮著腳尖走上二樓客房，一個閃身關門。目前優先作業是弄乾內衣褲穿回去，我將吹風機熱風開到最大，拚命吹吹吹。

「穿著男人衣服睡在男人的房間，有沒有初夜的感覺？嘿嘿嘿！」花貓用身體環住我的小腿情色地蹭了蹭。

「最好妳下輩子投胎老公沒腹肌。」我說出對許洛薇而言最惡毒的詛咒。

「開個玩笑幹嘛那麼認眞？」紅衣女鬼在我背後啐了一聲。

殺手學弟把房間讓給我，很紳士的舉動，加分！我只擔心今夜能否睡到那張床。

「可以把我們的事告訴他們嗎？假使葉伯想對妳不利，我們立刻逃跑。」我還是得先問問許洛薇的意思。

「沒關係，說呀！他們又不能拿我怎樣，連看見我都辦不到。」許洛薇明顯更害怕能看見她的人物；其次，和氣場也有點關聯，水電工大叔明明是正牌乩童，許洛薇還是比較忌憚刑玉陽。

我懷疑被許洛薇貼上腹肌或腹肌潛力股標籤的生物，都會自動進入這女人的妄想菜單，當然也就害怕不起來了。

「我不想一直說謊隱瞞，主將學長不需要讓他知道太多，但殺手學弟和葉伯說不定將來能幫我們。」認識刑玉陽後我才發現，有個不會把妳當瘋子的人能夠商量討論的感覺有多棒，反過來說，得對一般大眾千方百計找藉口變得更讓人煩悶了。

當面對專家你還能怎麼瞞？不但做無用功還錯過抱大腿的機會。

此外，或許是女性的直覺，我總覺得刑玉陽只想在一個適合時間點讓我和許洛薇分道揚鑣，他不在乎能否找出許洛薇的死因。但換成喜歡湊熱鬧的殺手學弟，相當有可能積極熱心陪我調查。

我並非想佔殺手學弟的便宜，考慮他是前乩童，應該懂些自保之法，我還得向他學習，必要時又能用過肩摔叫醒神智不清的我，反正逃不掉乾脆主動拉攏他算了。

「希望我下個能力是透視眼。」等級提升的許洛薇大言不慚說完，右手食指邪佞霸氣地一勾，比了個隔空掀起上衣的動作。

好丟臉，我不認識這隻女色鬼。

手機冷不防響了，十之八九是主將學長的電話，方才在廟裡我打過去定時回報他沒接，便用簡訊告訴他我在廟裡排隊等驅邪，主將學長大概算時間差不多或終於有空，便來確認結果。

一看來電人名，猜對了！

我對主將學長的報告是訓乩過程出了點意外，武者仁心的蘇小艾同志見義勇為，發揮柔道技能制伏暴走乩童，深藏不露的老廟公加上水電工大叔則確定我沒被老符仔仙糾纏，明天還會正式替我收驚，之後我就能頭好壯壯地回去了，不信可以打電話去廟裡問。

主將學長以為我會用且能用的只有柔道，最近才會鐵了心加倍磨練我，陰陽眼和許洛薇的存在，我打算對他能瞞多久就瞞多久。

既然瞞不了冤親債主這個主因，乾脆讓它成為一切蘇晴艾怪異言行的理由，有什麼不對勁都推給冤親債主吧～

「這麼說，妳從王爺廟直接去廟公家過夜了？」主將學長聲音透出一絲玩味。

我冷不丁地想到，主將學長搞不好正琢磨我如何過夜的細節，但應當不至於猜到我身上穿著殺手學弟的衣服，而是合理估計廟公的女性家人借我換洗衣物之類。

話說回來，就算穿著男生的衣服，小說裡那種領口過大、露出白皙肩膀，下襬夠長可以遮住大腿，連褲子都不用穿的煽情描寫，絕對不可能出現在我身上，還有我死也不會打空檔！

殺手學弟爲了凸顯好身材，衣服幾乎都是修身款，穿在我身上不過是S號變成M號且乍看中性的系服穿法，球褲足足長過膝，明天就這樣殺到社區活動中心籃球架下找人鬥牛也沒有違和感。

有一種變man了的愉悅感。

「嗯，意外發現葉伯孫子是熟人，柔道社的學弟喔！眞的就像刑玉陽說的，冥冥之中有些巧合，我現在就是調查這個。」我將手機貼著耳朵繼續和主將學長對話，轉身用右手瞄準假想籃框投了一記完美三分球，對著許洛薇擦了下鼻子。她則不停朝我翻白眼。

「小心些。」

「當然。」

「熟人是哪個學弟？」

我沒想到他主動問起殺手學弟，愣了一下才說：「他是一年級，下學期中才進社團，高中就是黑帶。學長大概不認識，葉世蔓，綽號是殺手，我都叫他殺手學弟。」

「的確不認識。以前記得妳不太容易和人混熟。」

「現在的柔道社和學長你還在那時完全不能比，殺手學弟幫了我不少忙，下任社長如無意外會是他。滿厲害的年輕人，而且看了你的比賽和表演影片也很崇拜主將學長，說生不逢時呢！」我趁機替殺手學弟拉印象分。

「既然這位學弟想接社長，妳又這麼誇獎他，有機會倒要試試他的程度了。」主將學長說。

「好啊！他一定會很高興。」殺手學弟的確是衝著主將學長的傳說才加入柔道社，一開始他雖然有點失望，但百足之蟲死而不僵，我敢說自家柔道社還是全縣武術類學校社團中實戰訓練風氣最強的社團，殺手學弟沒多久便如魚得水，決定乾脆自己來當社長，讓漸漸沒落的柔道社重返榮耀。

對柔道的純粹熱情，以及想率領柔道社這兩點讓我想到主將學長，這大概是一開始殺手學弟雖然表現得有點冷淡戒備，但我對他印象還是很不錯的原因，後來明白他的顧慮更是情有可原。

對話沒持續多久，殺手學弟來喚人了。我抱著小花跟在他後頭，無論結果如何，許洛薇都得跟我一起面對。

「阿公在泡澡療傷，要我們先替瓦斯爐上的雜糧粥看火。」殺手學弟說。

我點點頭，和殺手學弟一起坐在飯桌邊等。

「學姊之前拍我的腹肌照片就是爲了妳的守護神？」殺手學弟忽然問。

「欸……對。」既然東窗事發，我只能認罪了。

「爲什麼學姊的好朋友會變成妳的守護神？」

「等等！你怎麼知道薇薇的身分？」

「妳剛剛在廟裡叫了這個綽號，平常練習時也常提到許洛薇的事情，我之前還以爲妳有個叫『維維』的男朋友，去問老社員才知道是中文系的女生，兩年前跳樓自殺。」

我無意中懷念許洛薇那麼多次，連帶大家都記住她了嗎？但玫瑰公主也是我唯一一個熟悉的人類，加上她就像我的反面，有錢浪漫又喜好體驗新事物，美食美男美景更是她的生活重心，我沒有經驗的時候，總是不自覺地加了一句「薇薇說過……她去過某某地方玩……」之類的註解。

坦白說，我實在沒多少社交經驗，高中畢業前已經是個除了學校和補習班不會特別和誰出去玩的宅女，原因出在父母從小很自然地給我一個沒有故交、不需要認識新朋友的氛圍觀念，於是我的一天基本是從上學開始，中間吃飯休息，然後寫功課看電視，接著洗澡睡覺的固定流程，沒有任何不滿，像一個單純的呼拉圈。

在學校也有幾個能說說笑笑的朋友，一走出校門就拋諸腦後，比起那些渴望被知心的獨行俠，其實我才是眞正孤僻的人。

花貓跳到桌上搖爪澄清我們不是蕾絲邊，殺手學弟則饒富興致看著花貓出現人類動作，他還眞的不會怕。

「呃，學弟你研究我有沒有男朋友做什麼？」我盯著他帥氣的臉龐，完全搞不懂。

「想說能被學姊認可的男生應該很適合練柔道，我們這不是缺人嗎？」

爲何你在招人考量上和主將學長思路這麼近！還沒當上社長就已經用社長的眼光在拉下線了。

「要是有早就被我踢進社團啦！」我也不諱言讓殺手學弟知道我單身，而且會一直單身下去。

「話不是這麼說，有些人就是叫不動。我家那隻就喜歡宅在房間裡。」

我們莫名其妙進入了手帕交的男友話題。

還好殺手學弟略提一、兩句就帶過他的神祕男友，伸出手逗貓。喂喂！裡面是許洛薇耶！你這樣摸一個女生好嗎？不過許洛薇好像很嗨，確定殺手學弟不排斥她後，立刻厚顏無恥跳到他懷裡討抱抱。

已經放棄身爲人類及女性的尊嚴了，薇薇。

你不要以爲許洛薇是傻子，她早就計算到這一份獎勵，才會在廟裡全力輸出，尤其她又餓了那麼久，只有照片已經無法滿足她了，她要的是一個契機能夠直接接觸殺手學弟。

「我不是貓派……算了，馬馬虎虎也行。」殺手學弟將小花放在肚子上撫摸背毛，溫柔得彷彿從星星掉下來的王子。

「學姊還沒回答我的問題？」殺手學弟可沒那麼容易被我轉移注意，只是看在學姊的面子上給點緩衝時間而已。

「薇薇來救我不被冤親債主幹掉，她暫時還不想投胎，太詳細專業的部分我不明白，反而要問你們這些內行人。」我半是示好，半是保留，與其說我不信任殺手學弟，不如說他沒有義務被我拖累，但我無法堅強到一個人就能活下去，想不想幫或要幫多少就看他們了。

「學姊好像是容易被附身的體質呢？」殺手學弟托腮慵懶地說，許洛薇則窩在極品的腹肌上打呼嚕。

其實我覺得肥肚睡起來會更舒服，這大概就是所謂心理凌駕生理的例子。女生穿四吋半名牌高跟鞋卻能精神百倍也是一樣的道理。

「薇薇說我心燈滅了，看上去很健康其實已經死了一半。」

「很有趣的說法，等等問阿公看有沒有辦法處理好了。」殺手學弟眼神認真道。

「謝謝，另外溫千歲也給了我提示，這兩天我大概還是會窩在家鄉尋寶。學弟又是怎麼成為乩童的呢？會不會很辛苦？」我忍不住探聽他的過往。

其實我這樣問有一部分是為了自己，萬一真的被殺得走投無路，還是只能接受溫千歲庇護替他辦事，當成備案有必要了解細節。

「阿公說我和媽祖娘娘有緣，訓練是不太輕鬆，我從小五就開始睡神明桌下面，冬天也不例外，一直睡到國三，練柔道反而是去偷懶。」殺手學弟眼神悠遠。

「那你喜歡男生，從事這行會有困難嗎？」我聽見殺手學弟小時候的修煉過程抖了抖，別說睡桌子下，誰敢拿走我的棉被我跟他拚命！

「媽祖娘娘沒意見，不過祂底下的兵將還有其他境主……就是像溫千歲之類的地方神明，有些不太喜歡，會委婉勸一下。」他搔搔眉毛，聳肩露出無可奈何的笑容。「但我覺得祂們還是不錯的，只要自己顧好私德，別玩弄別人感情，也不會故意找我麻煩，不然光是告訴阿公我就吃不完兜著走了。」

「那也還不到當不下去的程度嘛！為何不當了呢？」我本來以為他是因為性向被神明排擠

才憤而撂擔子。殺手學弟剛剛刻意輕描淡寫，反而透露出他熬過各種艱難訓練，意志之堅定簡直非人哉。

「因爲男朋友超級討厭迷信和民間宗教。應該說，一般人都會覺得古怪囉？再說我不像小高那樣認爲請神上身很酷，從小到大經歷那麼多早就家常便飯了，信徒的期待也很麻煩啦！我又不喜歡演戲！發不起來時就是沒來！正神的錢很難賺，拿一分布施可能要出一十分力，其他都是做功德，不如去打工！下班還有時間可以玩！」難得看見殺手學弟直率抱怨的模樣，現在的他就像一個平凡的大一小男生。

但是，學弟啊！你偏偏就是那種極具天分，包括演戲在內也很會的天才吧！我默默給他下了評語。畢竟他是說「不喜歡」而非「不擅長」，他現在演的角色就是個不語怪力亂神的普通人，有時候還是打腫臉充胖子的異性戀。

「看來代言人這飯碗也不好端哪！」有必要爲了保命搞得這麼麻煩嗎？我此刻冒出十分不和諧的念頭，全天下被冤親債主追過的人那麼多，最後當乩童的又有幾個？不就是比氣長嗎？我蘇晴艾如今也是有後盾的人了！

我選擇性忽略了後盾們都很有原則也不太實用的實際情況。

「學姊眞的不考慮嗎？妳比我還厲害，不用附身就能和王爺對話，太絕了！」殺手學弟無良地鼓吹我去過被信徒包養的生活。

「嘜鬧，前乩童，你阿公出來了，等等掩護我。」我低聲囑咐殺手學弟。

他輕笑一聲答應。

葉伯出浴後，肩膀上披著毛巾來到瓦斯爐前看粥品火候。推拿泡澡過的老人氣色明顯好多了，葉伯打開玻璃罐倒入豆腐乳醬汁，拿出一碗魚肉碎塊加進瓦鍋，添了些米酒，最後切蕫蒜調味，香氣四溢，我在旁邊看著口水直冒。

拿到用碗公裝的魚雜粥，幸福得難以言喻。我小心翼翼撈起一塊魚肉和著湯粥一起吃下去，我可以爲這碗粥起乩。

「這什麼魚肉，入口即化，好好吃！」

「生魚片的碎料，漁港那邊三不五時就會有朋友拿來送阿公。我阿公很會煮魚雜粥，我放假也會專門跑過來吃！」殺手學弟說。

「好了，別說話快點吃飽。」葉伯被誇獎了手藝自然高興。

我們乖乖吃完宵夜，又移師到客廳泡茶聊天，氣氛雖然輕鬆，葉伯和殺手學弟卻帶著一股警戒意味。

「囝仔，不是不讓你們休息，天亮前還是小心一點比較好，這些歹物仔擅長迷人。」葉伯用攜帶型瓦斯爐泡茶，我也從機車後車廂拿出咖啡豆和磨豆機備用。

「學姊，撐到天亮就好了，妳可以睡一整天沒關係。」殺手學弟跟著幫腔。

我懂他們一直在安撫我，等我主動坦承一切。如果不是卡著許洛薇的安危，我早就和盤托出了。然而，實際回到家鄉後，我基本上能確定一件事，那隻想殺我的老鬼絕非找到一、兩位高人就能處理乾淨。瞧瞧蘇家長達百年的組織謀劃，甚至我的祖先蘇湘水就是個高人，結果歷代子孫聚在一起勉強自保而已。

我能想到的辦法，這些蘇家後代絕對都試過，耗費巨大人力物力還是沒能擺脫冤親債主，我佔的優勢不過是沒那麼怕死，還有多了個許洛薇一起作戰而已。

該說的還是要說，但關鍵情報涉及不同朋友隱私安危，我不會吐實，抱歉了。

於是我小心避開關於許洛薇會變身成異形和刑玉陽有能識異物的白眼，有意識地著重我和許洛薇之間生活點點滴滴，希望聰明的殺手學弟能聽懂我的意思，跟著注意許洛薇身上疑點，其他就別多問了。

爲了讓整體走勢合理，我仔細解釋了神棍和老符仔仙那檔子破事，就是因爲這個事件我才會來王爺廟被驅邪，有必要把我身邊可能出現偷襲的危險分子和脈絡關係告訴殺手學弟，反正他當過乩童，懂得防範。

多虧爺孫倆當慣了神明代言人，非常擅長傾聽，不會質疑我在說謊，或馬上打斷糾正我哪裡做得不好，只是……

「等等等！咳咳！嗆到了！我去給茶壺添水，茶葉還可以再一泡……然後換咖啡好了。剛剛那段再講一次，我一定要記清楚，竟然拿我的照片這樣搞，到底怎麼想到的？原來妳平常都偷偷注意我的腹肌？學姊！算妳行！哇哈哈哈哈——」殺手學弟笑得口水亂噴、形象全無，你的魔性魅惑給我拿好啊！小混蛋！

爲什麼不是笑許洛薇被腹肌照片收服，而是笑我拿腹肌照片去收服許洛薇，這不公平！

許洛薇此時已然進入不知今夕是何年的禪定狀態，連我出賣她的糗事、殺手學弟笑到敲桌崩潰，她照樣繼續趴在不停顫抖的腹肌上，甚至掉下去了還能用毛茸茸的貓掌巴著他的手臂，要殺手學弟將她抱回原位，痴痴作著ＹＹ大夢。

我親眼目睹一隻貓退化成水蛭的驚悚畫面。

天亮之前，門口曾響起一陣令人發冷的敲門聲，接著廚房氣窗也被敲了，但我們談興正濃懶得在意。崁底村的公雞此起彼落啼叫時，屋外那股時遠時近盤旋的詭譎氣息才隨著日光漸亮散去。

殺手學弟面不改色抓起畚箕掃把清理門前的死麻雀和老鼠屍體，拿到十字路口燒了個乾乾淨淨。

這一夜我最驚訝的不是殺手學弟曾當過厲害的乩童，而是他的笑點居然這麼低！

葉伯不愧是嚴肅的老人家……意志試煉中他只有噴一次茶而已，算是給我面子。

謝謝你，葉伯。

Chapter 05 / 毛線帽

翌日我並沒有好命地睡一整天，用手機設定五個鬧鐘，強迫自己在十點前起床，控制不住呵欠連連。可不能浪費在老家停留的寶貴時間，做了一套熱身操後我大致醒了。

一股無來由的直覺催促著我快點回去，是我太想念我與許洛薇的老城堡嗎？不過我的確很想快點躺到熟悉的床上，估計庭院放養的雞隻快吃完預留飼料量了。

雖然能請刑玉陽幫我餵雞，但我有點想家，想念我借住在老房子時賴以維生的廚房和菜園，還有我那堆來不及看完的同人文。

殺手學弟當然跟著我一起去尋寶，他不會錯過好戲，並且肩負著抓我回葉伯家吃晚餐的任務。由於昨天穿的衣服還沒全乾，我仍舊穿著殺手學弟的衣服出門，他對此好像感到很高興。

實在搞不懂男生的腦袋在想什麼？gay也一樣。

我要載貓，拒絕了殺手學弟用重機載我的提議，結果換成他騎我的光陽一百，我當乘客坐在後座吹風。

我們爭辯了一會兒關於我今晚到底要睡隱居地或者葉伯家，站在尋寶遊戲的立場，我應該積極走出舒適圈，但殺手學弟不放心我一個人繼續在蘇大仙故居過夜，他如果一起入住又會得罪蘇家人，最後折衷方案是下午去隱居地拿我的換洗衣物。

「學弟，你阿公知道溫千歲的來歷嗎？我是說，生前名字、籍貫這種。」

「不確定，大部分神明都不會提起生前資料，大概怕給後人帶來麻煩吧。另外也是爲了符合神明的固定形象。」殺手學弟道。

「溫千歲說和我很有緣，又說我想問的事他都知道答案，怎麼想都覺得他和蘇家關係絕對不尋常。陳叔說過王爺廟主神神像來自蘇湘水的老婆，問題是那個時候該尊神像眞的有神明寄宿嗎？而且一般人家沒事會把『溫』王請回家嗎？」尋寶遊戲的重要斷片，一定包括了溫千歲的眞面目，我這樣相信著。

「學姊在懷疑什麼？」

「唉，你鐵定會笑我，但我之前眞的懷疑過溫千歲是我的祖先蘇湘水，我也是住過隱居小屋才有這種感覺。」一大清早起床，俯瞰山下的崁底村時，我忽然感到千山鳥飛絕的孤高平靜，打從心底泛起微微的自傲，彷彿我可以成爲某個神明，就此束縛在這處小地方，接受這些村人香火，也保佑他們的生老病死。

「蘇湘水把自己埋在山上，是否有成爲地方守護神的意思？」

「不好說，但的確有可能。沒有立碑也不讓後代祭拜，加上妳說的那個讓薇薇學姊進不去的強大結界，或許是某種道法。」殺手學弟說。

「不過實際看到溫千歲後，立刻覺得他不太可能是蘇湘水。」害我難得有點聯想的脈絡立刻變成一團迷霧，頭疼。

「我沒陰陽眼，學姊別吊我胃口了。」殺手學弟催促。

「怎麼說，溫千歲完全沒有娶妻生子過的感覺，不只是外表，性格也是。」再者，倘若蘇湘水眞的擁有那副美貌，傳說裡不可能沒提到！

從種種跡象判斷這位擔任瘟王爺的靈和蘇家明明有關聯，溫千歲卻說他沒義務幫助蘇家人，說不定他是蘇湘水生前重要故交，沒有血緣卻關係匪淺的角色不就是那個了嗎？

「難道溫千歲是我祖先的紅顏知己，我竟然先入爲主因爲是王爺就把她當成男生了，說不定是喜歡穿男裝或因工作需要不能穿裙子。她還留了漂亮的長頭髮……」不是因爲溫千歲美得妖孽，令人難以置信王爺可以長成這樣，而是人家本來就是個美女。天啊！我竟然犯下這種基本錯誤！都是台灣女性神明太少的錯！用美女分靈體抵王爺的缺很正常。小孩子不是最敏感的嗎？我當初覺得是姊姊，一定是本能就看出眞相了！

再說，要女生叫哥哥也是豪放女孩子常見調戲同性手法，許洛薇也常自稱少爺、大哥，罵髒話時都是用拎北開頭。

殺手學弟肩膀一陣抖動，我立刻擔心地開口：「學弟你騎車要專心，不習慣我這輛機車我們可以換回來。」被載的人比較危險的說！

「沒事，」殺手學弟語調洩露一絲痛苦，彷彿肚子被揍了一拳，正拚命繃緊腹肌。「我想溫千歲生前應該是男人，如果是女人，阿公不會在廟裡打赤膊。」

「是嗎！可是葉伯感覺很有學問修養，本來就不會隨便上空的樣子。」

「妳把我阿公想得太夢幻了，好像變相說我們柔道社的男生都沒學問、修養。裡面也有獎學金怪物和文學獎得主呀！」殺手學弟嘆氣。

「好吧！反正我也沒辦法驗明正身。」就讓我保留白衣姊姊的美夢吧！我還沒傻到當面問溫千歲性別。

「學姊對尋寶遊戲怎麼看？妳不打算住下來長期抗戰，應該是有把握了？」

「沒哩！只是不想一直留在這裡，說不定我老家這邊有封印了古老守護神的石碑、遺失的神器、記載強大驅魔咒語的陶片之類，我打算去石大人廟那邊問問。」除此之外，我實在想不出寶藏是指什麼，如果不是讓我脫離困境的道具，還能叫寶藏嗎？

殺手學弟開始深呼吸，好像快起乩了。「還是我載你好了。」

「不用，我只是需要一點時間恢復冷靜。」

太久沒騎普通機車就這麼緊張嗎？還是因爲載了我和許洛薇的關係？

殺手學弟陪我再度到石大人廟討提示，我們沒再目擊到其他神明，當然也看不見這位水鬼城隍，可能廟主人現在沒來辦公，或者人家不想被我看見。

我擲了半天沒筊，殺手學弟幫我擲也一樣。陳叔從冰箱裡拿出煮好的海燕窩請我們吃，非常消渴退火！我再度向他追問地方上是否有其他特別的傳說，陳叔說了幾個鬼故事我都不滿意。

「阿妹仔，妳想知道有什麼特別的事，問葉老大伊欸金孫卡緊，王爺廟再一個月不是要辦十年一次的大醮嗎？」陳叔被愈來愈神經質的我追問得有點無奈。

原來是吃人嘴軟，溫千歲才要趕著在大拜拜前打掃衛生，也算有信用的神明了，雖然手段有點卑鄙。

「學姊想知道的嘸係這款，還有我退出了，陰陽界的代誌阿公不會跟我說啦！他罵我沒資格聽！」殺手學弟苦笑。

看來葉伯和殺手學弟關於乩童的心結一時半刻解不了，雖然祖孫感情還是很好。

「要是有可以拿在手上的寶藏傳說就好了。」我嘟囔。

回頭一想，石大人本身不就是個寶了嗎？我是指那塊斷硯，但陳叔對我這麼好，我實在不好意思提出不禮貌的要求。再說我覺得神器神體這種存在並非直觀拿起來擋怪就能消災驅邪，又不是輻射物。抱持這種粗暴僥倖的心態，神明不過是死物，不敬不信者只會得到裹著綢緞的雕刻木頭和破石頭。

我從頭開始梳理，回老家的目的還沒達成，溫千歲的出現應該是暗示我，所謂的寶藏是由蘇家保管。和冤親債主有關的某樣東西，難道是那老鬼的遺物？如果是邪惡的骨董，留在這屆族長手中機率最大。

昨天在王爺廟發生的事太刺激，我都忘了還沒見到族長，得想辦法見一面。

我沒排除葉伯將今夜發生的一切全告訴族長的可能，畢竟他們是合作關係，葉伯還把我當成蘇家人，小輩遇到麻煩找老大負責很正常。但一覺起來又認爲老廟公不一定會說，因爲我央求他不要將許洛薇的存在傳出去，葉伯和殺手學弟貌似都很挺我，我懷疑他們看不爽蘇家人。

現在開始召喚刑玉陽附身，咱們來邏輯推理。

蘇家人知道王爺廟昨夜會出事，找我當替死鬼，也像某種能力考察，我算是順利過關？這個時間點，蘇家人大概已經確認昨夜經過，準備針對我給出回應，就算葉伯不說，水電工大叔也可能出賣我。該死！我又不能縫住他的嘴！蘇晴艾現在是個帶著守護神、念力超強，還能和溫千歲無障礙溝通的靈異美少女了。

對不起，美少女是我亂加的。

一想到誤會已經被白目水電工大叔植入蘇家人對我的評估中，我就囧得汗流浹背，必須多灌兩碗海燕窩才能冷靜下來。

算了，跳過這個繼續分析，如果蘇家人要和我私下接觸，我想找到那個在隱居小屋留下便條紙的神祕人士，到底在哪裡以逸待勞更有利？葉伯家？隱居地？

答案不是明擺著嗎！再者這是我和蘇家之間的問題，不到危急時刻我不想把無關人士牽扯進來。

「學弟，我仔細想想，還是決定回蘇大仙那邊過夜。」

殺手學弟出乎意料堅持唱反調，我還以爲他會支持我回蘇家傳說小屋調查，而且那裡有結界，他聽了我與許洛薇的故事後，認爲我一個人行動實在太危險了，甚至搬出精怪嚇人。我回答，精怪丟我死老鼠我就噴它殺蟲劑看誰先撐不下去；他摀臉放棄和我鬥嘴。

很感動這些男生的英雄主義，雖然我不是柔弱的女孩子，還是搶著要保護我。

「目前是我最安全的時候，在老家，有溫千歲和你們看著，再說蘇家和我還不到敵對，頂多就是交換情報。」那位族長一定也很想知道目前冤親債主的動態和實力。

擲筊結果石大人站在我這邊，殺手學弟只好悻悻然答應會幫我向葉伯解釋失約的理由。

然後我們又在頂澳村和附近幾個小村子打轉尋找線索，可惜毫無收穫。一晃眼已是下午，殺手學弟算好時間，買了便當、滷味將我送回隱居地，確定我走進屋內，並在我的催促下趕在天黑前下山回家。我的機車他騎回去了，他強調明天一早就來接我。

許洛薇還是進不了屋子，我早早洗完澡，鎖好門窗小睡片刻，繼續抄寫《地藏經》。

過了大約四十分鐘，我放棄和經文奮鬥，窗縫吹進一陣微風，雖然不冷，卻讓人寒毛直豎，心理壓力很大。

庭院裡有人。

不知爲何冒出這個驚悚念頭，難道是許洛薇傳來的警告？今晚沒有月亮，就算打開窗戶我也無法看清庭院情況，透過結界往外看，甚至連許洛薇的鬼火也沒了形影。

正要拿起靠在牆角的竹掃把當預備武器，敲門聲同時響起。

「叩叩叩叩……」

我有聽到腳步聲嗎？該死想不起來了，都是微風分散注意力害的！喵的有沒有這麼恐怖！許洛薇我都不怕，爲啥要怕這個敲門的人？

一滴冷汗順著額角滾到下巴，我把口水全吞下去，走到上了門栓的雙扇木門前。

希望不會是那種能從門縫擠進來的東西。

「是誰？」

既然有敲門聲，應該是活人吧？

不對，昨夜在葉伯家也有敲門聲，只是我們沒去應門，當時要是開門好像不太妙，反正關門聊天對方沒能對我們怎樣，乾脆眼不見爲淨。

同樣是不明的敲門聲，有無葉伯在身邊感受卻是天差地別，我不爭氣地發抖了。

屋裡除了我以外沒有其他活人，面對打不到的無形敵人，我是眞的很害怕，因爲對手唯一附身的對象是我，光想就噁心死人了。

「蘇靜池，是妳的堂伯。」

沒空思考「堂伯」這兩個字在目前得到的線索中有何種含義，進入戰鬥狀態的我一次只能專心一件事，當下集中精神面對門外的目標。

「小艾，開門。」

你憑什麼喊我的小名？我又不認識你！

聽起來口齒清晰，不像被附身的人。光是聲音就給人一種教授在講台上說話讓學生如沐春風的印象。

「我怎麼知道你是不是精怪變的？妖怪都喜歡叫人開門。」話說要是蘇大仙的結界消失，我死守隱居小屋還不如和許洛薇會合。等等，倘若結界失效，許洛薇現在應該站在我身邊。

難道，訪客眞的是本人？

「你說一件我爸的事來聽聽？」說不定房子也是另一道結界，我才不會笨到自投羅網。

「我和妳爸自成年後就很少來往了。」男子聲音聽起來有些無奈。「火根從小喜歡吃花生，常常硬是吃光放太久的炒花生鬧肚子。數學考零分、屁股左邊有道疤是被發情母豬咬的、鼻子在溪邊跳水時撞斷過有一點歪、只要坐下來就會開始摳腳丫……」

「夠了，我相信你。」哇靠都那麼久了還能把我爸黑歷史記得一清二楚，絕對是小時候一起混的親戚。

「伯伯好。」我拿下門栓，飛快退了兩步，讓他自己推門入內。

一位穿著漿挺白襯衫的中年人站在門檻外，手裡拎著麻布提袋，不急著踏進來，垂眸觀察我，我輸人不輸陣也看回去。

我爸在家族同輩裡排行偏後，直覺這位堂伯應該比我爸大幾歲，但也不到五十或頂多五十左右，模樣卻比我爸年輕，就是那種從來沒做過粗工的感覺；斯文細緻的臉龐外加一口標準國語，黑白分明的眼非常乾淨，絕對沒有熬夜飲酒習慣或超級懂得養生，鼻子上騎著銀框眼鏡，雖無皺紋但頭髮全灰了，令人有點吃驚。

款式簡單的衣褲很合身，感覺是手工裁縫，不是我對高級服飾有研究，而是從小看多了崁底村的長者和蘇家人不分年齡經常穿著手工定製服，甚至小時候爺爺也帶我去過村裡的裁縫店量身訂製新衣，布料一律日本進口，是眞正嚴謹老派的裁縫師傅，手藝精湛的老師傅和接班人現在只接熟人鄰居訂單。

那是一種支持與認同，也是潛規則。和老裁縫店、王爺廟、私人診所、退休老師等村內資深專業人士交情深厚的蘇家人，幾乎可說就是幹部圈子裡的成員了，你可以從話題配件感受到他們彼此交關的程度，這是我歷年家族聚會的感想。

好不容易接觸了幾個蘇家人，被我敲門或打電話要求見面時只有「哦，蘇火根的獨生女，好久不見，都長這麼大了，吃個點心休息一下。」這種不痛不癢的反應，不管是裝的還是交情本來就這麼淡，總之眞的很疏離。

雖然我後來長大了穿起夜市牌毫無壓力，看到堂伯的服裝還是勾起老舊回憶，這也是蘇家人的作派之一，顯得我更加格格不入。葉伯和陳叔卻把我劃進蘇家人裡，多麼諷刺！

「請進。」好像反客為主了。不管！今晚我一定要拿下一城！

蘇靜池不動聲色地配合我，看到我放在書桌上的《地藏經》和抄寫作業，隨口讚了兩句。我直覺這人果然是難纏角色，比肚裡藏東西我鐵定贏不了，這個時候就像主將學長說的，必須積極進攻，攻他個措手不及。

「伯伯，你是代表蘇家族長來找我，還是私下自己過來？」

「蘇家沒有族長這種說法。」

「那就是像族長般的BOSS，有權力直接和我談冤親債主的人，反正是專門管族產的人？」

我也知道蘇家爲何沒有族長只有族產，雖然有宗家，我爸就是宗家的小兒子，但傳統習俗子孫分家搬遷後過兩代就不歸族長管了，族長早就沒有實質影響力，但蘇家人包括母系後代都在同一個系統裡，也可以說他們有好幾個分散在不同村或縣的小族長，但只有一個頭頭，即是管理龐大族產的人。

「我是這任的派下員。」堂伯很爽快地承認他就是這個大BOSS。

我愣了好一會兒，白髮老廟公要我找堂伯求救，原來偷打PASS了，是我自己笨，不過只差一天也不算晚！

陳叔說蘇家歷屆派下員都是選賢與能，刑玉陽也說只有完全公正嚴格的人才能維持這套保護血緣關係者的資源系統，所以我可以把堂伯當成善惡分明的好人？

我不需要堂伯對我很和藹，只要確信他會遵守規則，不用提防暗箭就夠了，目前看來蘇靜池的確有這份氣質。

「昨天蘇家人沒去王爺廟，這是你決定的嗎？」但我不確定被陷害當餌替溫千歲掃蕩精怪算不算暗箭？這有點像灰色地帶，也可以解釋成蘇家放任我驅邪，讓我有機會找葉伯和溫千歲求助。誰教我在那個時間點自己送上門，早一天或晚一天就不關我的事了。

冥冥之中就是躲不過，還是該說幸運地把握了時機？溫千歲對我的好感度高得異常，所以我很難斷定蘇家一舉一動的意圖，也許還不具備好壞算計，只是對問題人物的防備。從我挑明冤親債主存在的那一瞬開始，蘇家一定會想利用我這個活生生的靶子；而如何將單方面利用轉為雙方互利，則是我的首要工程。

「有些人是眞的不想去，事前我沒強制命令，只是他們不知道從哪裡得到風聲，訓乩活動可能會有狀況就臨時偷溜。葉先生沒打電話給我要求補人，我想他能妥善處理就沒過問了，說到底我也不知道會出這樣的大事。」

太極打得眞好！

「處罰是什麼？」

他有些詫異地看著我：「為何要處罰？這是自由參加的活動，但身為廟方委員都沒做事也不好，活動沒完成他們自己要開會檢討怎麼補救，我只負責發放經費和驗收成果。」

好吧！我把族規想得太戲劇化了，那他到底明不明白昨夜王爺兵團的精彩戰鬥？蘇靜池總不會不知道葉伯和水電工大叔的能耐，他聘的可是有眞本事的乩童。

「你有陰陽眼？會法術嗎？」我開門見山問。

「沒有，不會。喝茶？」他走進廚房燒水，我只能巴巴跟上去。

既然堂伯是族長（我堅持這個稱呼比較好懂），這間隱居小屋自然是他的地盤，我後知後覺還把門鎖起來討口令想必令他有點囧。

蘇靜池請我喝茶應該是做好長談的準備，這點我求之不得。

「……所以我被附身差點跳樓，然後懷疑我爸媽沉迷賭博、臥軌自殺可能不是出自自由意志，遇到這些破事不回家鄉查個水落石出才奇怪吧？反正從那次以後我就能看見鬼了，但也不是每個神鬼都看得見，也許要和我有緣？」我把當初被刑玉陽退回的經歷簡化版本快速交代一遍。

如果蘇靜池想知道更多，自然會查到我和殺手學弟有交情，進而從葉伯那邊打聽消息，葉伯比我更清楚該說多少、怎麼呈現內容，除非堂伯真的拿出很棒的情報跟我換，我不打算太快露出底牌，包括友方名單。

蘇靜池遲遲沒有回答，我彷彿能看見許多齒輪在他覆滿灰髮的腦袋裡快速轉動著。

「至少告訴我來龍去脈，那隻老鬼的真面目到底是誰？我們有共同的敵人，瞞著我對蘇家也沒好處。」我幾乎是哀求了，知道從哪一代開始結仇，起碼我還能去考古。

溫千歲知道謎底，但不會主動告訴我，我再笨也懂不能隨便和神明講價，弄個不好後果比冤親債主還麻煩。如果連族長都不能回答這個問題，我真不知還能去問誰？

「這件事很危險，知道愈多風險愈大。」

「沒有比差點嗝屁的我風險大。」

「承上句，蘇家只有派下員本人才被允許知道冤親債主的來歷，上一任對下一任口耳相傳，我不能回答妳的問題。」蘇靜池不客氣地說。

「但我很急，有實際需求啊！」

「小艾，當妳知道祕密，不就有說出去的可能？」他一句反問堵得我險些嗆到。

「祕密比人命還重要嗎？」我承認自己有些口不擇言了，這就跟叫一個餓死的人別撲上去狂吃大餐一樣不合情理。堂伯什麼都知道，卻不肯和我說。

「端看會牽扯幾條人命了。」他給我一句現實的答案。

「知道愈多愈危險根據何在？」平心靜氣……不然這頭老狐狸就不陪我玩了，蘇家人果然和陳叔葉伯那些友善的長輩都不一樣。

「蘇家一直在研究冤親債主挑選目標的規則，鬼魂沒了肉身，當然不是用眼睛鎖定獵物，就像活人其實也不是用肉眼發現鬼魂，而是這裡，或者這裡。」他指指太陽穴又按著心臟的位置，「妳剛剛說出了關鍵。」

我飛快回想。「有緣？血緣？」

「血緣固然是最重要的原因，意念也是，妳想求神保祐，自然會唸著神佛的名字，那麼妳怎會認爲一直想著某個鬼，他不會聽見你的心聲？另外一個主要的原因是『習氣』。」蘇靜池淡淡地說。

「怎麼說？」

「舉個例子好了，假設有個被丈夫殺死的怨靈纏繞某個家族，這個家族裡出軌不忠、有暴力習慣的男人，以及常被毆打的女人和小孩，自然特別容易目睹這個怨靈。也就是說，相似的性格或相同罪業，甚至是受害者才會被找上。我有個大膽的推測，即使有血緣關係，冤親債主也無法或不想接觸和自己差異甚遠的人。」

「這個推測準確性有多高？我爸媽失常以前可是很節儉。」

「我有很多案例可以歸納出關聯性。怨靈會引誘人，尤其是那些被壓抑多年的慾望，這一點又和冤親債主的力量增減有關，當他力量最強的時候，極可能優先選擇蘇湘水的直系後代，其次才是那些容易得手的蘇家人，包括那些有感應天分而容易受驚嚇動搖的人。那隻怨靈可以觀察妳一輩子，在脆弱的時候推妳一把，有時候失敗，有時候便成功了。」

我倔強地咬著牙齒，嘴唇緊緊抿在一起。

究心佈局，縝密尋思
詭案，皆源自於人心——
古風文學神級作家 大風颳過 十二載匠心沉澱之作
・影視改編計畫已於二零一七年九月由騰訊影業正式發佈啟動
・同名漫畫現正於騰訊動漫連載中
・繁體版獨家收錄〈張公案設定花絮〉、〈給讀者的話〉
卷壹
黃大仙
好評推廣價
99元
蓋亞文化
林賾流——著
哈尼正太郎——插畫
We have a garden of yellow roses.
When the roses bloom,
I'll cut them off
to embellish our castle,
as if you are still here.
vol.1
異形之友
玫瑰色鬼室友
我的室友不（再）是人？
路人甲少女×腹肌控公主
雞飛狗跳的人鬼同居新生活，收集帥哥的超涼感爆笑之旅！
Marvel 板網友激推超人氣作品！
草草泥、醉琉璃／驚艷強推
首集
推廣特價
129元

魔豆文化

除魔派對

醉琉璃——著
夜風——插畫

人氣作家 醉琉璃 × 幻彩魔法師 夜風

最強搭檔的全新話題之作

不只華麗變身，還要深夜打怪!?

一鍵換裝，三鍵喚武，

讓我們清除所有「髒東西」吧！

除污社，史上最謎社團招生中！

第1集 現正熱銷中！

第2集 2018國際書展預定發售

故事・登場人物介紹

當大地不斷生成汙穢怪物，世上逐漸盈滿負面能量，……協會」便是人類唯一的救世主——

……展開美妙人生的高中生，……已注定了修羅！

人見人愛 衰尾小艾

故事介紹

「我們重……

……拿著抹布擦拭桌面。……就是料定了我……

……站在旁側，不由得想，這件事算是樁笑話，卻也因……

試子中一個有趣的後生……

京城清明，未得細雨。

來自各地的試子紛紛赴京，準備參與科考，但來自西川的窮書生張屏還未進入試……

卻捲入了一樁戲班的謀殺案。一本與案情若合符節的新作戲本，牽扯出多年前黃……

作祟的未解懸案，身為嫌疑人，張屏要如何透過蛛絲馬跡證明自己的清白？

宦海浮沉，木訥少言的張屏與八面玲瓏的禮部侍郎蘭珏相遇，這場從窮書生一路向上的斷案生涯，又會面臨何種考驗？

時代的大風即將颳起，儘管出身如野草，最終也將成為心正不怕影斜的棟梁。

《張公案》延續作者一貫細膩優秀的文筆，真摯濃厚的情感描寫，賦予角色栩栩……的生命力；詭奇案件之間，懸疑處處，卻偶安插令人會心一笑的幽默段落……即使身處撲朔迷離的黑暗中，仍能在結局前尋得光芒。

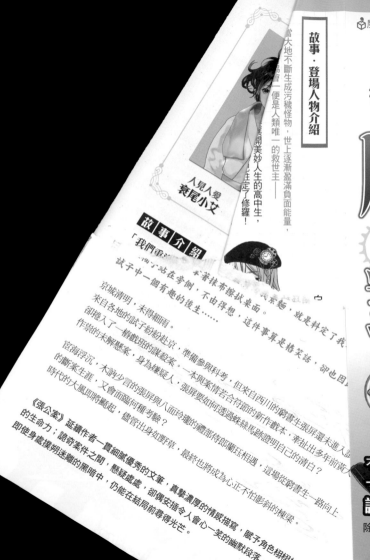

「人類一年一年老去，其實會愈來愈脆弱，尤其對責任厭煩時，大多數人生活難免高低起伏，但是對蘇家人來說，低潮比一般人更可能致命。迄今還是有許多蘇家人的非自然死亡記錄，我無法明確判定爲意外、自殺、仇殺或冤親債主所爲。」

他用曖昧方式回答我對父母之死的疑問，我有點生氣，又感到他說的是實話。

「如果我說，我認爲爸媽就是被怨靈殺死的呢？」

「那麼我傾向將火根和碧香的死記錄爲冤親債主所害。家人的懷疑是重要參考，所以我們不對所有蘇家人公開冤親債主的用意，小艾妳明白了嗎？這樣才能從死亡記錄中篩選出最有問題的例子加強警戒，被怨靈強制殺死的例子極端稀少，大部分都很難辨識。」

「有多少？」

「蘇家裡算上妳的未遂記錄，不超過四個。」

「是誰？」

「我只能告訴妳兩個人，一個是我父親，妳要叫伯公，他在死前數月察覺怨靈企圖對他附身，爲了妻兒的安全避走遠方，最後在一間禪寺上吊，我透過遺書確認死因的確與怨靈有關；一個是火根，妳的父親，提出情境證據的是他的女兒。」

「都是直系……」我張口結舌。

「照理說怨靈不會這麼快直接攻擊下一個獵物，若非火根自作自受，就是怨靈一開始便衝著妳去，此外也有可能冤親債主的力量變異了，打算在短短數年內連續殺死更多蘇家人。二叔連妳一起逐出家族自有用意，我必須尊重他的決定。」蘇靜池嚴肅地對我說。

「所以大部分蘇家人只要活得嚴謹些，基本上不會死？但蘇湘水的直系後代例外，只要怨靈的力量達到直接附身程度就可能被迫自殺？」再芬芳的茶水也無法去除嘴裡的苦味。

爺爺的特殊用意？是我也會把拔掉拉環的手榴彈先扔出去再說，爺爺熟知自家兒子媳婦的品性，一次死了兩個，很明顯冤親債主力量爆發了，如果我們不是無足輕重，就是為了保護我們付出的代價更高昂。

「妳說的第一點便不是容易達成的事。」文雅的堂伯對我露出淡淡苦笑。

「那你有被冤親債主襲擊過嗎？懷疑也算。」

他對我搖頭，「也許這就是我被選為派下員的原因。如果不是父親留下血淚斑斑的遺書，內容非常有條理——他得靠自殘保持清醒，我也很難接受一個自己無法驗證的傳說。但我必須比任何人都相信那個怨靈的危害才行。」

族長得是那個抗性最好、意志最堅定的後代，有什麼比徹底對靈異無感更強？

「既然怨靈具體來歷不能說，能給我其他提示嗎？比如怎麼徹底驅除這個怨靈？或者按照你說受業障影響，化解這個業障的方法？多個人努力多一分希望，我會自己去做，不給你們添麻煩！」我下意識抓住他的衣袖。「別騙我沒有方法，你說過有在研究了！現在不是一百多年前，神明都可以線上抽籤！我不想最後只能踏上伯公的後塵！」

堂伯讓我聯想到刑玉陽，或許刑玉陽老了會變成堂伯這種類型，不靠法術或陰陽眼，也不是無神主義者，卻能對那個世界凜然無懼，說到底刑玉陽的白眼負擔多過實用，還不如沒有。

蘇靜池不具任何靈能力，提起怨靈的口吻卻冷靜到讓我懷疑他已經對冤親債主進行徹底的學術研究，就算沒有解藥也有某種方向，一個麻瓜能做的努力不就是拚命讀書問人，從觸手可及的知識領域尋求解答嗎？他肯定看了我那一大袋經書的好幾十倍量。

「最直接的做法，絕子絕孫。現在傳宗接代的壓力不像過去那麼絕對了，不想生的就別勉強了，只是想生孩子的，你又怎麼去阻攔？我不在意香火斷在孩子那代，但我沒資格要求他們絕嗣。」

堂伯的回答真是太猛了，我差點被今年的冠軍春茶嗆死。

「那個我已經在進行了，有沒有其他自救的方法或理論？或是你們研究出有效辦法準備行動時可以叫上我，先給個方向讓我自己準備？」絕子絕孫，怎麼有種成就感？我不費吹灰之力，還超有把握的呢！

「盡量做善事，可以的話最好開始修行，減少和怨靈互起感應的機會，否則業力成熟想逃離便難了。」

「我可以試看看，雖然好像已經逃不掉。蘇湘水都是大仙了，還是沒能超度那個怨靈，因果真的有這麼難纏？我也知道冤冤相報沒完沒了，不過前代的怨結就不能打開，沒有高人能處理嗎？」再怎麼修也追不上族規的始作俑者蘇湘水，我總覺得就算出家也只是練心酸而已。

像唐僧一樣講道理若是有效，世界上就沒有鬼故事了。惡鬼就是不跟你講道理才叫惡鬼，許洛薇都親口保證鬼殺不死，是要找高人封印？大家都知道封印就是專門被打破來著，到時候還可能擴大災難，蘇湘水決定的遊戲規則在某種意義上已經是了不起的災害防治辦法。

比起和解，我還是想毆打那隻老鬼報仇雪恨，看來我的黑色心態很難改了，不過還是姑且問問。

蘇靜池彷彿就等我問出這段話，不疾不徐將他今晚帶的那包物品提到桌上推給我。

我在他的示意下取出內容物，是頂織到一半的白紫色毛線帽，還有另一團亂七八糟的毛線，起碼有四種顏色纏在一起。

「有些清寒家庭，你送錢或物資他們也不太想收，親手做的東西總是一番心意。注意流行，材料選好點，品質比起名牌也不會差到哪裡去。這是我近年培養的新興趣。」蘇靜池道。

「我想知道你拿毛線帽給我看的用意。」

「試著把未完成的毛線帽拆掉，告訴我妳有什麼感想。」

要拆掉手工精巧、顏色搭配也很好看的毛線帽讓我感到可惜，但蘇靜池定定看著我，我立刻找到起針處開始解結拆線。

這是用一條毛線和鉤針鉤的作品，理論上只要拉著線頭就會解開，只有毛線互相纏繞，中間沒有固定的結。

「就像這樣，找到起頭打開就解決了……咦？」有些脫離的細小纖維纏在下一排的線上，形成類似結的阻礙。我心想用拉一定會解開，卻發現該處毛線變細了，再扯估計會斷，生命眞是脆弱（汗）。

我只好找出剪刀小心將那些纏在兩段線重合處的纖維絲剪斷，下一段拆得頗順，但我已經不敢大意了。忙了大約二十分鐘，進展沒有我預估的快，蘇靜池毫無不耐煩。

我不禁開口問：「我有點明白你的意思了，不用眞的拆完吧？你想說解冤釋結沒那麼簡單，因爲不是一條繩打一個結馬上就能解開。」

我們的人生同樣用歲月和回憶纏繞成形狀。就算能解開某處結，也得要有時間和工具，還有足夠的耐心。

「妳覺得手上這頂失敗的毛線帽代表一個家族還是一個人的因果?」堂伯目光變得幽深，身爲族長，他看過除了鬼怪以外的各種陰暗。

這麼明顯的誘導問話，我怎會上當?當下答道:「一個人。」

我其實更想回答蘇家，沒有人會在知道問題本質遠比你以爲的麻煩時而高興。

「錯了，這團毛線才是一個人的因果，而且只有一生份。」蘇靜池捧起另一團大概被十隻貓亂扯過的毛線球。

老狐狸!騙小孩有那麼好玩嗎?

族長問:「假設從出生到死亡只有一天，妳願意都用來解毛線，還是做別的事情?」

「你指機會成本?不是沒有辦法，甚至辦法太多了，但絕大多數辦法的後果都不會是我們想要的?」理想狀態當然是把織品拆開整理好，下次便能再編織新的作品，可惜要耗費代價。毛線又不貴，直接買新的算了!有人會這樣想，乾脆砍掉重練，問題依然沒有解決，亂結和舊毛線還是留在那邊。高人可能諄諄善誘，幫受害者示範解開一小段毛線，但毛線主人對剩下的殘局搞不好還是沒耐心收拾。

不能任意截斷的血緣和生命，一次拿到就這麼一份，卻有可能在編織過程中弄髒與打結，若不整理就編不下去。明明在談冤親債主的事，我卻想到，自己在名爲「許洛薇」的打結毛線球中，不知纏得多深了？

紅衣女鬼卻把她的毛線球丟下逃跑，我要用毛線纏住她的腳踝，把她拖回來面對人生這個爛攤子。

Chapter 06 / 異熟業界

「其實，二叔說種絲瓜比較接近因果的聯想，所謂『因蔓業果』，要是沒有定期理蔓，你以爲手裡握著粗壯的母蔓，可以順勢找到根源，其實只是孫孫蔓，甚至連子蔓都還不是。織毛線反而單純多了，瓜藤比毛線脆弱，更多變。」蘇靜池道。

腦海閃過一片綠色，似乎很小的時候我曾經獨自站在沒有搭棚的滿地瓜藤瓜葉中，有如被無數綠蛇包圍，又怕把絲瓜踩死，不由得哭了起來，最後有個人抱著我走出那片綠海。

何時？在哪？那片絲瓜田比隱居地的小菜園大多了。

「絲瓜動不動就長出許多捲鬚到處纏繞，不小心折到瓜蔓或嫩苗，那條蔓就不會繼續長了；反之會從旁邊竄出更多子蔓，到了最後，粗大的子蔓在其他地方生根，母蔓或許早已被拔起枯死，也不會有人發現。」

我因堂伯生動的描述怔然，野生絲瓜田宛若躍出眼前。

我的記憶在父母臥軌自殺前的黑暗時期出了點問題，沒到完全失憶那麼誇張，但涉及會傷害我的關鍵部分，有些不見或重組排列了，多出來的黑暗空洞則在我近乎躲藏自閉的大學時代不時浮現心頭。

刑玉陽說可能是某種創傷後壓力症候群，歸功於我的高強度運動習慣，與僅限柔道社的良好人際關係，算是取得某種平衡，並未出現明顯精神病症狀，之後也算有點病識感，沒把自己逼到需要依賴藥物的程度。

我一直清楚自己的問題不是吃藥就會好，還不如早點適應孑然一身的處境，那樣只要單純活下去就不會有過多不滿。

直到這趟老家之行，才發現我也忘了在這的童年，尤其是和爺爺有關的部分，幾乎是全部了，癥結點應該就是那通打給爺爺卻被拋棄的電話。

「所以我們可能終其一生也無法找到眞正的原因？」我問。就算知道冤親債主的身分也還不是源頭？方才的毛線比喻全都是誤導！

「正是如此。」

「你知道崁底村裡有誰曾經種過一大片絲瓜田嗎？沒有搭棚，就是任其亂長？」我立刻改變話題，迄今撈回的家鄉記憶斷片總是連接上不可思議，不能放過靈光一現的機會。

堂伯用指背抵著嘴唇，沉思了一會，但我懷疑他不是在搜索答案，而是捉摸我爲何問起這個問題？我自己也有些莫名，就是一股衝動便提問了。

「妳問的瓜田不在這一帶，二叔曾經把私有地借給朋友種絲瓜，後來那人辭世，那塊絲瓜田就被二叔閒置，直到我成爲派下員後也沒動過，只是二叔去世前不久找我去那邊理過幾次蔓。」

「那個人是石大人廟的上任廟公嗎？我聽說他和爺爺是死黨。」我只能就有限的情報猜測。

「妳還打聽了陳鈺老師的事？我們這一代村裡出生的孩子都被他教過。」蘇靜池臉上的玩味更深了。

我討到瓜田位置，打定主意明天去看看，說不定有線索，眞變成溫千歲說的尋寶遊戲了。

所以，我和族長的偉大會面就只有這樣？

堂伯看上去好像說了些有意義的話，卻幾乎沒透露實用的具體情報，也沒逼我說出所有冤親債主細節，因爲有許多難以查證的部分，他無法判定我的話語眞假，謹愼得令人毛骨悚然。事前未曾預料他竟會主動交代我渴望知道的關鍵情報，包括族長身分，還有更讓人意外的相似經歷，但我和那隻老鬼之間的距離依舊沒有縮短。

仔細想想，果然還是靈異和社會方面的嚴重經驗不足。

堂伯人如其名就像屋外的池塘，乍看開放簡單，一旦跨進去卻會沉入爛泥動彈不得。

不甘心，刑玉陽還在等我帶回有用的情報，既然有其他腦子替我想事情，我幹嘛執著非要當面找出答案？

「伯伯，你說的毛線和絲瓜都是讓我好理解的比喻，但一知半解對我來說很困擾，我想知道有沒有針對蘇家情況能夠應用的專業術語？」總覺得蘇靜池知道我那些問題的答案，即使不一定完全正確，堂伯必定也像現在的我一樣企圖找到解決辦法，嘗試過許多失敗，至少他放棄某些無用的追尋，才能安於擔任蘇氏族長不是嗎？

目前重要的是避免和過去的蘇家人做相同的無用功浪費時間，爲此，我需要堂伯的經驗。

「我爲何要告訴妳？」

「我沒辦法等到你的年紀才因爲有點成績改變想法，好歹我也大學畢業了，現在還住在學校附近，書裡的知識不懂我可以問教授。」我鬼使神差地提起一句：「個人因果不歸地方神明管之類……爲什麼？」

這是溫千歲撇清責任的理由，但我不滿足將這句話當成結論。其實我比較想知道冤親債主到底是不是人類能解決的問題。超越一世紀的受害記錄，除了蘇湘水難道眞的沒有任何高人出手？這種衝業績的大case怎會沒人挑戰一下？

蘇靜池看了一眼愈堆愈多的毛線圈道：「小孩子多動點腦筋避免意氣用事也好，那就告訴妳吧！」

對對對就是這樣！你太上道了！堂伯。

「蘇家的業障是『大苦因緣』。我看見小艾在抄經，我假設妳對佛教用語有一點概念了？」

我用力點頭，有印象的專門用語大概二十個左右？我擺出洗耳恭聽的姿勢。

「大苦因緣是一切緣起之後的負面效果，也是某種緣分。這是一個進程，從『無明』到『受想行識』，再到妳我的存在，生命必須先滿足某些存在的條件，存在就是活著的緣起，老死的緣起則是活著。大苦因緣具體內容是老、死、憂、悲等等所有苦惱大患。簡單地說，妳要是死了，就沒有生病變老的煩惱。」

「這個我懂！」

蘇靜池滿意我的受教，繼續說下去。

「冤親債主自然是從蘇家祖先存在後，造了某個惡因出現的結果。緣分分類很複雜，蘇家的業障似乎滿足了四種緣起條件，變得異常堅固。」

「有哪四種？」

堂伯停下來，似笑非笑望著我，我摸摸鼻子趕緊準備紙筆。

剎那緣起：一剎那間心中充滿了所有因果發生的要素，比如因爲貪心不得而憤怒起了殺念，雖然沒眞的付諸行動，但已經開始造業了。

連縛緣起：冤親債主事件從頭到尾都是發生在蘇家，有完整的前因後果。

分位緣起：一般常見的下輩子轉世報恩討債就是這類屬性，前世、今生、來世銜接在一起的生死因果關係。

連續緣起：中間跳了很多轉世，追著我的冤親債主也是因爲某種因果才會投生在蘇家，冤親債主的冤親債主的冤親債主……簡直沒完沒了。

「經文裡有這麼一句話『此有故彼有，此生故彼生。此無故彼無，此滅故彼滅。』要消滅蘇家的大苦因緣，等於得把所有相關人等的魂魄業障都毀滅，別說修道者，神明也沒那麼大本領。」

「怎麼可能搞得清楚！」我想摔筆了！說好的靈異故事裡感化惡鬼的老梗橋段呢？立刻下地獄也行啊！拜託請給我一份主角套餐！

「同樣一份業力讓冤親債主找我們報仇，也讓蘇家人活下去，這就是我們的業障。我剛剛引用的經文，第一次看到是在家父的遺書裡，也是這句話讓我想研究那個怨靈，我渴望了解家父爲何自殺。小艾，他不是忍受不了折磨，而是想『到此爲止』；業力卻不是他能阻止的，我已經出生了，數十年過去，其他蘇家的孩子此時此刻也在長大。」

我揉著發紅的眼睛，不能在這時候掉眼淚。

「必須要有人控制蘇家造業的分量，家人死了，無法不恨吧？如果不知道怨靈的存在，以爲只是單純死於無常或自作自受，家族又給予扶持，遺族總是比較容易平息自己的心，不容易再起惡緣。妳是我們無法控制的變因，業力生長得太過迅速，馬上就要開花結果了。」

問題來了，那會是什麼樣的果實？裡面爬滿毒蛇，還是腐敗後爆發瘟疫？我懂蘇家對我的顧忌了。

「妳無法消滅怨靈，小艾，而我們也不會討伐那隻老鬼。任何攻擊方法追根究柢都在造業，惡果往往由子孫承受。接下來要怎麼做，妳好好想清楚，再來與我交涉。」蘇靜池不只在教育我，更是警告，不是上對下展示武力的警告，而是有根據地解釋。

非常有效，我像被針刺到似，痛得快哭出來了。

但我就是不想放棄，我需要回去思考，或讓刑玉陽代替我想，我現在滿腦子都是某個很糟糕的懷疑念頭。

「我是祭品嗎？」

「小艾……」

「我懂當面問你也沒用，但我就是想知道蘇家有沒有這種念頭！至少讓我確定以後這裡還值不值得我這個外人回來打聽消息！」

「妳不記得我了，對嗎？」蘇靜池沒有動怒。

「我應該記得你？親戚那麼多，你還不是爺爺這一房的，和我們家又疏遠。」

「那時妳還小，很喜歡在我的書房玩，我剛結婚沒有孩子，二叔帶妳來串門子我總是很開心，妳還叫我爸爸，想住下來不走了，我其實很想說好的，呵呵。」

他的表情因懷念更加柔和，我出發前想像過族長的各種惡行惡狀，此時族長的臉孔最讓我痛苦。遇到一個喜歡我的長輩，而我狠狠攻擊他的善意。

蘇靜池是第一個指出我正在憎恨的人，我以為恨的是那隻老鬼，對蘇家只是不屑，其實不止，他太敏銳，我無意識的恨意，他卻看得清清楚楚。我不想當個到處遷怒噴毒的人，逼自己接受這是我和那隻老鬼之間的事，其他見死不救的人乾脆斷得一乾二淨，至少我不欠別人。

父親同樣被害死的蘇靜池，怎麼可能不知道我對蘇家的感受？

——明明就是蘇家害的！

「當年那個小女孩如今問我，我是否拿她當祭品，我該怎麼回答？」

「對不起。」那一瞬我真是氣瘋了。

堂伯說的緣起是真的，我沒辦法控制，即使上一刻他才告訴我這些新舊交纏的緣有多可怕。一個小時前我開門看見的是陌生人，現在卻截然不同，一切僅僅因為我們交換了一些談話和回憶，就讓我認為被他捨棄而失去理智。

「內人與我雙方長輩是姻親關係，如果不是生為蘇家人，我不會認識她，或許沒有本事娶她，她也不會因為堅持為我生下一對雙胞胎死於難產。緣分眞是奇妙。」蘇靜池摩挲著手腕上的綠檀佛珠，應該是妻子的遺物。

既然我曾拜訪堂伯家，堂伯母當年必然照顧過我，我卻徹底遺忘相關記憶，這部分我沒能想起，意識到這件事讓我懊惱。

「那對雙胞胎，你的孩子現在還好嗎？」我忽然留意到他的灰髮，不安地問。

「那是我本人的因果報應，我自認沒做過見不得人的事，依舊逃不了久遠隔世的成熟業果。小艾，人生要煩惱的不只那隻怨靈而已，逆天這種事我幹過了，大概以後也是有報應的。」蘇靜池說這句話時驚人地冷靜，我有種一敗塗地的感覺。

「我這輩子的福報和折壽額度卻只夠給其中一個孩子平安活到二十歲，甚至不能平均分給另一個孩子。某位替我折壽的城隍說是命中註定，雙胞胎的老大是來替我抵命，業障使然受不起，小的則與我緣淺，災難隨身，即使有親緣也不長久。如果終身不離開崁底村，溫千歲還能幫我守一守。」蘇靜池指指一頭灰髮。「和神明交易的後遺症。十年，我能給的就這麼多，今年他們都十歲了。來償我命的孩子不知幾歲會夭折，可能是一個月後，可能是明天，可能是現在。不管上輩子他們欠了我什麼，我都不在乎。」

我太小看別人，也太高估自己，其實我連當祭品的價值都沒有，就一個倒楣鬼，祭品好歹還能罩一段時間。

「沒有人希望妳死，這一點妳要記住。當年來不及警告火根的話，我要給他的女兒，這些話妳就算對我的孩子也不要提起，多言無益。」

這趟老家之行發現好多前車之鑑，老天爺你是故意的嗎？

倘若我接受溫千歲的提議，成爲神明代言人苟且偷生，冤親債主下個目標極可能就是堂伯的孩子，我的某個小堂弟或堂妹。已經把福報折壽都用完的堂伯大概會崩潰吧？從他望著我的溫柔眼神可以發現，他沒有爺爺那麼決斷，堂伯這輩子最大的任性，大概就是折壽讓福給自己的孩子了。

爺爺那時快去世了，保住適任族長的珍貴繼承人就是保住整個蘇家，間接保護更多的無辜小孩還有嬰兒。如果兒子媳婦撐不住，只好犧牲一個還不一定會死的孫女，我也覺得爺爺做得對。

糟糕，愈想愈覺得一切很有道理，結果卻是我的人生變得很荒謬。

「小艾，還受得住嗎？」

我沉默太久了，堂伯有些擔心地問。

「可以。」

只是面對冤親債主與精怪戰鬥時的憤怒激昂、出發前的躊躇滿志、我最自豪破罐子破摔的志氣忽然全數洩得乾乾淨淨。

我眞的累了。

「對不起，蘇家和我都無法幫妳。」

不是因爲我被驅逐出家族沒有資格接受援助，而是更根本的原因，他們缺乏幫我的能力；好比腫瘤長在我身上，有把利刃隨時要劃開我的喉嚨，蘇家人卻沒有一個外科醫師，除非以命換命。

有義務爲我犧牲的人已經眞的死了，我迄今仍希望時光倒流，就算要我們一家三口一輩子躲在崁底村裝孫子，我也甘之如飴。

即使家族裡有人同情我，贊助我金錢或容身之處，我也不敢、不想拿，更不知會欠下哪種業債，這番長談後我已徹底明白，爺爺和靜池堂伯做不做一件事都經過眞正的取捨。

但意識到自己是被捨棄的，我還是感到深深的寂寞。

父母死後我只相信自己，不再依賴任何親戚，可內心深處某個角落，說不定還殘留著小小的期待，某個地方的某群人在等著我回去，理所當然地呼喚我的名字。

就連冤親債主的事，我也相信救命藥方就藏在老家，把握那麼多祕密的人們，怎麼可以沒有一點對抗冤親債主的「好」辦法？結果還眞的沒有。

或者應該這麼說，蘇家人和溫千歲的方法我不喜歡，任何不能和許洛薇一起度過難關的解脫方法，我也絕不考慮。

如今這種虛無微弱的期待終於消滅，但我也不會因爲失望繼續憎恨蘇家了。

我盯著那團解開一部分的毛線，難道這就是堂伯出現的目的？

眞的捨棄我根本沒必要親自出面，他也不想要我的情報。或許我仍是被一些蘇家人用某種形式照顧著。

無論如何，蘇靜池的拒絕出乎意料讓我如釋重負。

族長說，這裡能讓我住到離開，以後想回來也可以來小屋過夜，不用特地向誰報備，藏鑰匙的地方不會變。

許洛薇等到手電筒光線消失在林徑才鬼鬼祟祟冒出來，頗爲警戒蘇靜池。「那大叔是道士啥的嗎？有種不想靠近的討厭感覺。」

「他是族長，也是我堂伯，可能有在修行？」

「小艾小艾！我忽然可以進來了？」她站在籬笆內側，一臉呆相。

「欸？那妳再看看能不能進屋子？」

「妳又要騙我去撞牆？」

「不想進去我幫妳把紙箱搬到院子裡算了，切！」

「那樣還不是都在外面！我要睡床！結界壞了嗎？妳把人家的結界弄壞了嗎？爲什麼不早點搞定？」許洛薇絲毫沒有珍惜法術文物的觀念。

從表現無法確定堂伯是否知曉許洛薇的存在，我想，應該不是蘇靜池改變了結界，隱居地沒有變化，更像我一直撞門，直到剛剛才意識到原來向外拉就開了。

結界擋住的是我透過許洛薇散發的敵意，她沒發現，仍然嘻嘻哈哈去摸木頭大門。活人比鬼複雜多了，我站在大榕樹下遙想，蘇湘水當年是不是也有同感？

我們被緣分綁在一起，好的壞的都有，三千大千世界中，叫得出對方的名字，總是有緣。堂伯走進黑暗時毫無一絲不安，只是拿著小手電筒照腳下的路避免跌倒。我也想成爲那樣的人。

一定辦不到吧？許洛薇比手電筒亮多了，而且很吵。

□

回到老家的第四天早上，我繼續挑戰溫千歲指示的尋寶遊戲，來到最新浮現的記憶斷片中那片野絲瓜田。

許洛薇連續多日陪我日夜奔波，就算有殺手學弟的腹肌鼓舞，還是掩蓋不住萎靡之態，說到底鬼魂只適合待在陰暗安靜的固定地點，最好還是自己的地盤，小花被我們放在紙箱裡搬來搬去的壓迫疲勞也談不上好影響。許洛薇這個靠咖啡和腹肌補充動力的紅衣厲鬼再逆天也開始奄奄一息。

說過了，我本來就不打算在家鄉停留太久，除了沒有歸屬感以外，對許洛薇來說最安全舒適的地點還是她的老房子，雖然她表面上照常歡脫聒噪，但我們都認識幾年了，她狀態如何我最清楚。

我不禁希望寶藏就埋在這片野絲瓜田中，能早點破關走人。

「絲瓜在哪？我怎麼沒看到。」許洛薇躲在摺疊傘下，指著那片快比人還高的雜草。

「都和草長在一起了。」我後悔沒穿雨鞋、戴手套來。

「面積不小耶。」紅衣女鬼幫腔。

「走到底差不多要花十分鐘。」我約略估計道。「薇薇，妳說動物用鑽的會不會比較方便？」

「開玩笑，我才不要進去，裡面好像有蛇和很多蟲。」許洛薇某種程度上還是典型嬌滴滴的女孩子。

「那妳幫我把風，我隨便走走。」自己的問題自己解決，我很乾脆地說。

「加油～」許洛薇躲在傘下聞著咖啡粉，料準我一時半刻無法了事，準備美美地歇一會。

我戴好棒球帽防曬，看了看時間，拿起水壺走進野絲瓜田。比起回憶裡的遍地瓜葉，如今這片綠海要更加複雜混亂，有股令人心慌的原始氣息。

站在草叢中閉上眼，熱風吹拂我的背。

當年我怎會一個人在絲瓜田裡迷路？是爺爺帶我來的嗎？可是我明明記得那時以爲自己被拋棄的絕望無措，毫無爺爺在附近的印象，還是後來有好心路人送我回去？

誠如堂伯所言，絲瓜田離崁底村有段距離，沿途經過許多彎彎繞繞的田間小路，再調皮貪玩的孩子也不可能一個人來這種前不著村後不著店的荒埔，我那時候和同齡小孩沒話聊，純粹依附著大人生活，習性上不會單獨離屋子太遠，最多也不會離開村子範圍。這附近沒一塊比鄰開發的田地或住家，堂伯貌似不經意地告訴我公墓就在絲瓜田不遠處。

過去大人給我的評語就是乖巧聽話，一直到高中畢業前，我真的很乖，也可以說是討厭惹麻煩的性格，要不是後來生存受到威脅，其實我很樂意一輩子就這樣得過且過。

我凝視著野生絲瓜開出的零星鮮黃花朵，正有些感傷之際，草叢裡傳來響動，疑似有隻大老鼠或野兔竄到我附近。

唰唰！那聲音又出現了一次，離我更近了，居然不怕人嗎？

一陣惡臭襲來，我有些暈眩，想起在中文系館樓頂被冤親債主附身那次也聞到異常難聞的氣味，嚴格說來味道雖然不一樣，總歸是腥羶又噁心。現在是大白天，也有許洛薇當後援，我朝草叢某處衝去，打算一口氣確認那玩意是野生動物亦或其他東西。

瓜藤和密集的雜樹苗嚴重妨礙行動，我也很想拔山倒樹一番，可惜這些障礙物比我預期的多刺難纏，不得不繞路而行。安靜的絲瓜田裡格外使人發毛的沙沙聲忽遠忽近。

追逐過程中，一股煩躁逐漸淹沒我，差別在於我已經不像小時候那樣害怕踩死絲瓜，現在我懂得估算瓜田面積，不再擔心小小的身軀被困在綠海中，但我還是討厭在找不出路的瓜田裡徘徊的感覺。

細小樹枝和鋒利草葉時不時撓著暴露在外的皮膚，很難受。

「如果想找我麻煩就出來啊！」我忍不住朝四方大吼。

我在尋找一個自己也不明白的寶藏，這就是問題所在，被神明和因果不停調戲的我愈來愈怒了。

步伐變快，我太想抓住那隻躲在草裡的不明生物，腳下一絆重重跌倒。

「嘶——」我吸氣呻吟了一聲。

久未耕作的土壤和被扯裂的瓜葉味道湧入鼻腔，一段記憶再度鑽出了過去的黑暗。

那天，我獨自在菜園裡挖蚯蚓，爺爺在屋裡和其他大人聊天，我感到很無聊，但不會特別想要去找其他小孩玩，反正爺爺忙完他的事也會帶我去鎮上轉轉，到圖書館借書，這對我來說有趣多了。

正當我打算多挖幾條蚯蚓送給爺爺當魚餌時，有個蒼老女聲在籬笆外叫我的名字，我以爲是村中長輩，下意識乖巧地應了一聲，畢竟奶奶說遇到大人要有禮貌，村人也常常塞餅乾水果給我吃。

「阿妹仔，過來。」

「好的，婆婆。」我沒看到人，歸咎於自己太矮。

我輕車熟路鑽出籬笆，看見等在路邊的老婆婆又是嚇了一跳，她幾乎和我一樣高，皮膚像很多村裡的老人一樣都曬成了深褐色，臉上滿是疙瘩皺紋，比我預期的老很多，一張又寬又大的嘴巴可以一口塞下整顆包子。

老婆婆說要我陪她去雜貨店買東西，她眼睛不好看不清楚。

我不記得崁底村的雜貨店在哪，總之應該不遠。正要和爺爺說一聲，老婆婆急急抓住我的手，我瞬間打了個哆嗦，她的手摸起來又濕又冷。

老婆婆說她趕時間，要我直接跟她走，我沒考慮多久就答應了，畢竟那時我只是個六歲小孩，有人需要我幫忙，我又很無聊，在外地工作的父母一個月難得見上一次面，沒人灌輸我不能隨便和陌生人走的觀念，因爲崁底村裡大家都是熟識，不算陌生人，互相照顧別人家小孩的事司空見慣。

我就這樣跟老婆婆沿著馬路走出村子，期間她一直牢牢握著我的手腕。

漸漸地，我覺得有點想睡，卻完全不覺得跟著老婆婆一直走有何不對，也沒想到爺爺會不會因此生氣，更不在乎她要帶我去哪，反正是某間雜貨店。

走了不知多久後，又累又渴的我終於不滿了。

「我要喝水。」我堅持。

「阿妹仔，再走一下，到了雜貨店，婆婆給妳買汽水。」老婦這樣勸誘，顯得格外不安，那雙又大又突的黑眼睛異常晶亮地盯著我。

我到處張望，想找個大人求助，起碼我知道自己和阿婆走不快，再說我可不想回程還要走這麼多路。

四周除了一片遼闊絲瓜田外靜寂無人，瓜葉被風吹動的沙沙聲響祥和無比，我卻在這時感覺到平靜中潛藏的危機。一走出村子，老婆婆身上散發的淡淡臭味忽然變得很強烈，慈祥氣質蕩然無存，從她看我的眼神，我明白了什麼叫不懷好意。

我猛然尖叫一聲，用盡力氣掙脫老婆婆的箝制跳入絲瓜田，朝田中心狂奔，彷彿這樣做就可以阻擋身後的追兵。期間我回過一次頭，沒看到老婆婆追來的身影，卻清楚感覺到她正接近我，我嚇壞了。

「阿公！阿公！有壞人要抓我！」

結果當然沒人回應我，我站在茂密且沒有支架的瓜藤綠海中，打從心底覺得這些絲瓜就和將我騙出村子的老婆婆一樣恐怖。

一轉身，冷不防發現不遠處有顆白色大石頭，我抹掉眼淚更仔細看，才發現那是個穿著白汗衫背對我專心拔草的人影，不知爲何我覺得只要到了那人身邊就安全了，於是朝那跑去。

那人在我跑到他背後時忽然站起轉身，五十來歲的男人戴著圓框眼鏡，斑白的頭髮垂到肩膀，有些參差不齊，嘴角懸著一道冷靜得近乎鋒利的笑，配上鏡片後黑白分明的眼睛和細長的鼻子，一瞬看得我忘了呼吸，雖然一樣很詭異，我卻絲毫不怕他。

「小艾，別怕。」他朝我伸出手。

我抓住那個男人長滿老繭、筋骨分明的手掌，他立刻將我抱了起來，離開瓜藤的纏繞頓時讓我安心許多。

他攤掌拍著我的背部中心，有點疼，但我忍住了，又聽他的話用力吐了幾口氣，從遇到老婆婆起一直塞滿腦袋的迷糊茫然總算消退了。

「洪清那混蛋怎麼沒看好妳？」

「叔叔你是誰？」對方雖然頭髮白了，臉蛋還是很年輕，瘦瘦的又留長頭髮，於是我這樣叫他。

「哈哈，我和妳阿公一樣大，叫我眼鏡爺爺就好。」眼鏡爺爺連笑聲都很像年輕人。

我似懂非懂地點頭，又聞到那股臭味。低頭一看，老婆婆無聲無息出現在離我們不到五步遠的地方，我急得縮腳，雙手用力抓住眼鏡爺爺肩膀，死也不敢從他身上下去。

才一會兒工夫，老婆婆已經縮水到比我肩膀還矮，當時年幼的我不懂妖怪與人的差別，只覺得這種現象令人反胃。

她死死盯著眼鏡爺爺，前胸與喉嚨開始鼓起，發出嘶啞的咯咯聲，頓時又有一些聲音從地面靠近。

「趕緊走！」眼鏡爺爺猛然朝老婆婆跨了一步，斥她快滾。

老婆婆站在原地沉默數秒，散發無言的威脅，眼鏡爺爺毫不退讓，她一轉眼消失無蹤，連帶那些召喚來的聲音也不見了。

「沒事了，還怕嗎？」眼鏡爺爺安慰道。

我搖搖頭，他雖然沒說自己是誰，但提到爺爺名字時的語氣嫻熟友善，我直覺將他分入爺爺的朋友或親戚那一類，雖然我很不會認人，卻認爲眼鏡爺爺是我過目難忘的類型，就和王爺廟邂逅的白衣姊姊一樣。

「爲什麼我沒看過你？」小孩子說話總是有點沒頭沒腦，但眼鏡爺爺居然聽得懂。

「我每次看到妳，妳剛好都在睡覺。」

我半信半疑地聽著，感覺眼鏡爺爺不想讓我認識他，這我不意外，很多大人都懶得和小孩子玩。

「你在這裡做什麼？」既然危機解除，我的注意力馬上轉移到這個不怎麼老的怪爺爺身上。

「種絲瓜。」

「絲瓜不是這樣種的，要搭架子讓它爬。」我常常看大人種菜，不會搞錯。

「小艾很厲害呀，居然連這種事也知道。」他依舊抱著我說。

啊，又變成普通大人哄小孩的語氣了。我心想。

「不說就算了。」

眼鏡爺爺空出一隻手搔搔鼻子，從我的角度看見他掛在嘴角的笑一下子變深了，很複雜的笑法。多年後我才理解是一種不忍心卻無計可施，想要安慰對方的表情。

「那就偷偷告訴小艾好了，我在做實驗。」

我不了解「實驗」這個字的意思，但不想讓眼鏡爺爺趁機收回話題，於是裝成明白的樣子。

「這塊田就是你們蘇家的命運，實驗的結論是，草果然除不完呢！」

好吧！我眞的聽不懂了。

後來眼鏡爺爺牽著我去村子裡的雜貨店買棒棒糖，再帶我回家，還把爺爺罵了一頓，第一次看到萬年威風凜凜的爺爺閉著嘴巴，不停擦著他那堆茶壺，完全不敢抬頭。

爺爺叫那個人「陳鈺」，結果不姓蘇，不是親戚這件事讓我有點遺憾，這樣爺爺就不會帶我去他家玩了，我剛剛才覺得再多個爺爺也很好，眞可惜。

雖然我努力想記住眼鏡爺爺的名字，過了幾天還是忘得一乾二淨，連他留在腦海裡的特徵，也只剩下眼鏡和白頭髮、白汗衫，導致我對爺爺問起那個人時，還真的只能使用「眼鏡爺爺」這個綽號，簡直未卜先知。

「原來那時救了我的人就是陳阿公。」陳鈺是爺爺的知己死黨，印象中是有這麼個長輩，卻想不起更多細節，也不記得瓜田相救這段，果然是實際相處時間不長的緣故，我居然連兒時差點被妖怪綁架的事都忘得乾乾淨淨，自我保護之徹底連我都想敲自己的頭了。

我撐住地面準備爬起來，一隻足球大的蟾蜍卻蹲在離我的臉不到二十公分處，瞬間我就明白它不是隻普通生物。

Chapter 07 / 泥上指爪

一瞬的慌亂後，我很快定下心，柔道訓練以及與厲鬼許洛薇的相處經驗，在靈異方面帶給我的好處，就是我多少能判別敵我強弱，比如在烈日下，這隻蟾蜍精怪的出現屬於反常，它無法變身也無法迷惑我，而我的體積比它大，完全可以踩死它。

另一個無來由的直覺是，這隻母蟾蜍顯然孤立無援，才會在這時以原形找上我，它的同伴或子孫已經被溫千歲殲滅了。

母蟾蜍空洞又呆滯的眼神，毫無恨意或憤怒之類的情緒，若硬要找個字眼來形容，執著？對，就是執著。像在說它會這樣一直看著我，至死不休。

就算我殺了它，母蟾蜍還是會變成另一種更晦澀不清的東西纏著我，像一罐打開瓶蓋、時時懸在腳跟上的鹽酸，只要一有機會就讓我流血。

「滾開！不要再出現了！」

最後，我做出和眼鏡爺爺一樣的舉動，將蟾蜍趕回草叢。

多年後冤家路窄，我依然不明白這隻精怪拐帶幼時的我目的爲何。是要殺了我，還是想吃我，或者只是單純玩弄一番便任我自生自滅？

我沒在絲瓜田裡找到任何寶藏，正如陳鈺阿公說的，這裡就像蘇家，龐雜荒涼但豐饒，甚至吸引了精怪盤踞，想理清秩序的人會先累死自己。

「回小屋吧！」我對許洛薇說。

「不找了？」她不停用手搧著風，一副熱到不行的模樣。

「有點累，小花和妳一直曬太陽也不好。」酷熱的天氣待在戶外連我都快中暑了，許洛薇居然還能撐下去，這比她從陰暗廁所裡探出頭來更讓我發毛。

說不定許洛薇平常和我一起生活時，對人世間的環境感覺就已經是活人無法理解的驚心動魄了，比如在我看來是炎熱的天氣，對她來說等於走在爆發的火山中？但真要這麼猜想，又會覺得許洛薇的反應太淡定，總之這傢伙有太多我搞不清楚的怪事了！

「那我們繼續解毛線，妳堂伯說幫他解開有獎勵，趁機敲他一筆哦呵呵呵～」許洛薇興致勃勃。

蘇靜池留下他用來比喻的打結毛線，言明到我離開家鄉爲限，只要能解開多線糾纏的毛線球，他願意在不違反族規的前提下提供額外幫助。堂伯沒限定幾天內得解開，擺明就是要我留久一點，卻不希望我四處打探。這個提議實在太誘人，我還眞想花點時間搞定那團毛線。

將來有個重要計畫需要一筆祕密資金，我偏偏不能親力親爲，必須雇人執行，即使得厚著臉皮拿堂伯的錢我也認了，至少確定他值得信任後，我對向他求援不像其他人那麼排斥，他有本錢和洞見保護自己不會被我拖下水。

蘇靜池眼中九牛一毛的天使投資，卻是我的救命繩索，甚至不一定要出錢，能調派人力更好，但我對後者不抱期待。

以我對蘇家族長的觀察，他鐵定寧願給錢，也不想讓自己人捲入沒必要的因果業障。

許洛薇不知此刻的我已經在想如何找人調查她生前的人際關係，這件事一定得瞞住她，我負擔不起她記憶受刺激的後果；然而只是裝傻耗下去也不保證許洛薇的狀況不會惡化，我一有機會還是要試著處理她的問題。

結果昨夜解到快天亮，我不但沒睡著反而數度抓狂，決定放棄這個浪費時間的陷阱，還站在門口發誓，再摸到那團毛線我就是豬。

從絲瓜田回來後，許洛薇不時走到我身邊觀察進度，沒有半句嘲笑的反應反而讓人更火大。

「看什麼看？不知道豬是很聰明的嗎？」我頭上纏著幾縷毛線，語氣不善。

「我在思考改編幾首古詩給妳打打氣唷！」

許洛薇表示她真的很同情我，才願意捨棄寶貴的冥想時間（妄想腹肌）從事歪詩創作，雖然她到頭來也沒成功改出任何一首，我早就知道會是這個結果了。

絲瓜田裡最大的收穫是一身汗味，我沖澡後坐在藤椅裡縮起小腿讀經，戶外蟬聲唧唧。

今早和殺手學弟約好兵分兩路，他繼續替我調查地方傳說，我則專攻絲瓜田；路上我還是打給學弟告知遇到母蟾蜍的事，畢竟溫千歲和精怪關係正緊張著，他和葉伯都可能被偷襲。

殺手學弟很扼腕沒能和我一起見證UMA（未確認生物體），聽出我的聲音沒精神，力勸我先回去休息。我的確因遇到精怪加上太陽太毒，頭昏腦脹不得不折返隱居小屋，目前只剩小帥哥還在外奔波。

咀嚼著剛尋回的絲瓜田回憶，我由衷慶幸沒將刑玉陽的初步推理當成事實，就此下結論。出發前有限的線索使我們一度以為蘇家只想用祭品轉移風險，我更想像出一群自私自利的親人，親自走訪家鄉，和我有偏見的人物對話相處，即使被逐出家族的事實沒有改變，至少原因我能接受。

人心真的很不可思議，光是確認蘇家對我沒有惡意，我就能生出這麼多勇氣。

話說這幾天刑玉陽和主將學長沒如預期中頻繁聯絡，例行查勤也只是確認我的時地認知沒問題、口號正確就放過我了，一些勁爆消息如王爺顯靈和精怪附身之類，他們的反應都是回來再討論，充分給予信任並讓我自由行動。早就該這樣啦！

「唉唷，好無聊！小艾，把學弟也叫來這邊陪我們嘛！」方才還像鹹菜乾的某女鬼脫離懶洋洋趴睡的花貓，開始在小屋裡太空漫步。

「我也是時候練習如何嚇人的厲鬼必備技術了。」許洛薇這麼說。

我瞇起眼睛。這女人在吹捧腹肌時都不照鏡子的。第一次發現許洛薇腹肌變態的眞面目時我直接懷疑她被鬼附身，害當時鐵齒的我簡直毛骨悚然，意志不堅險些投奔民間信仰的保護，那張眉目如畫的俏臉怎麼就能夠變得如此下流猥瑣？後來讓我更害怕的是，原來室友沒被鬼附身，她只是解放本性而已。

那一瞬間好像有什麼從此碎得乾乾淨淨，比如說我爲這段同居關係準備好的常識與矜持，以及九年國民義務教育中所有關於女性生物的基本認知……

最讓人渾身發毛的是，居然只有我知道這個祕密。表示許洛薇掩飾能力其實好得破錶，搞不好我眞的在和只披著一層人皮的外星生物共同生活。

雖然說久而久之也習慣了，我正色看著許洛薇說：「薇薇，妳以前常常嚇到我，身爲朋友不好意思太坦白，妳每次提到腹肌興奮的樣子都像變態殺人犯或重度毒癮發作。」

「哪有？」她嬌羞地扭身，看來把我的話當成異色讚美。

我的祖先裡有個修道者，蘇湘水的殘留力量讓許洛薇頭一遭體驗身爲鬼魂的「飄」緲，平常她走路就像橫越沼澤似的，似乎也是某種業力影響，用物理比喻就是動摩擦力和靜摩擦力彼此亂七八糟。

「乾脆叫殺手學弟帶一瓶冬佩利開怎樣？」要我忍住不對許洛薇吐槽太困難了。

「哼，我已經喝過好幾次香檳塔了。」許洛薇生前參加富二代party聚會是家常便飯。

我放任許洛薇在我頭頂上模仿《大法師》。我的膽子不大，只是比起鬼來我更怕未知威脅，通常又以活人更容易帶來這類威脅，不過鬼魂精怪之中太超過的個體我還是會怕。

「小艾，屋梁有點奇怪。」許洛薇天外飛來一筆。

「堂伯說過蘇湘水故居只剩大梁還保存良好，這根檜木放到現在應該超値錢了，說不定還有靈力哩！」我說。

「不是啦！木頭裡好像有紙？」許洛薇此刻的姿勢像隻壁虎。

「符咒吧？妳還是小心點別碰了，萬一眞的把結界弄壞，要我怎麼賠人家？」我本來以爲隱居小屋不停翻修是爲了讓歷代族長的生活更方便，仔細想想法術需要媒介，目前看來小屋更像是保存橫梁的置物盒。

「我看不是符，紙是白色的，還摺成一疊，好像是契約之類的東西，要拿出來看看嗎？」許洛薇躍躍欲試。

「等我一下，我去拿梯子過來看。」我轉到廚房後門外，搬來靠在牆邊的人字梯，撐在屋梁下架好，順著許洛薇的提醒爬上梯頂觀察那張神祕文件。

我瞇細眼睛找了一會兒，才發現那張幾乎完全沒入梁身中的紙邊，像把刀切進豆腐般卡在木頭裡，紙張本身略微泛黃還算完整，不可能是蘇湘水時代留下來的遺物，頂多也就十幾年前之物。

「這怎麼辦到的啊？」許洛薇嘖嘖稱奇。

「事先鋸條縫，利用木頭熱脹冷縮塞進去之類？」還藏在很刁鑽的角度，一般人站在客廳不可能發現梁中信，除非像許洛薇鑽到屋梁上方，從正常人無法看見的角度翻查塵埃密布的陰暗角落。

「不像用鋸子鋸的縫，太密合了，紙又沒有很厚，這樣要怎麼拿出來？」

姑且不論誰用奇妙手法將那張紙放入大梁，膨脹的木頭已徹底咬住紙張本身，無法硬抽出來。還好小屋經過現代建築工法重建，檜木大梁主要是裝飾紀念用，承重都交給鋼筋水泥了。

「所以說，不要亂動比較好。」

「說不定是仇家偷偷放的邪符，我們拿出來確認內容沒問題再按照原樣放回去不就好了嗎？」許洛薇鐵了心要弄出那疊紙，她可以接受無數次失敗，卻不能忍受什麼都沒做就打退堂鼓。就像我們知道大多數男人衣服底下都沒有腹肌，但沒有將衣服掀起來之前，美好的人魚線和八塊肌仍然可能存在。

我不懂她爲何不舉薛丁格的貓這個更有名的例子？

「隨便妳，反正我不動手，這件事不准妳附身。」

無極天君那個老符仔仙讓我對符術餘悸猶存，活人要入侵隱居小屋不費吹灰之力，蘇家發跡這麼久一定有不少仇人；再說，我忽然想起自己回老家是調查背後眞相而非大團圓，於是沒有爲了我不確定的可疑跡證阻止許洛薇。

如果她拿得出那疊紙，就當命中註定囉！

「小艾妳很過分耶！我還不是爲了妳才這麼做。」許洛薇果然沒把握才要激我合作。

「姑且不論那張紙能不能動，想和堂伯打好關係總不能背地偷拿他的東西，這樣我以後就不能理直氣壯面對他了。」我老實地說。

「妳還是這麼不會做人！所以妳不動，我動就沒關係？」

「不可抗力嘛！我們又沒有簽主從契約，妳是不小心『路過』的孤魂野鬼。」性命攸關，道德操守還是可以稍微轉個彎的。

「哪沒有？巴斯克琳～」

這是我的管家花名，和賽巴斯丁重複了兩個字，算是趕了一半流行的經典山寨版，許洛薇很喜歡，就算我一直抗議那是沐浴用品也徒勞無功。

我翻了個白眼，一副隨便她愛幹不幹的樣子。

許洛薇摩拳擦掌，爬上橫梁，剛摸到紙邊立刻被彈飛出去。

「哇靠！」被迫穿牆掉到院子裡的大小姐不敢置信地怒吼了。

「果然是護符，妳還是別碰了，弄壞我賠不起。」我最在意的還是賠償問題。

「那才不是符呢！」許洛薇搖搖晃晃從門口爬進來強調。

「不然是什麼？」我反問。

「不知道啦！總之不是廟裡還是法師的東西，沒有『人』的味道。」

當然，留下那張紙的神祕人物可能已經不在人世，許洛薇當鬼後更加跳躍的發言，不是熟人還眞的聽不懂。許洛薇的意思是，她知道眞正的符，從而鑑別出鑲在大梁裡的文件不是符咒，而且無論性質好壞都不是人類放進去的手筆。

鬼魂的感官和活人不一樣，像我沒感應的鬼汁對許洛薇來說卻是惡臭黏膩，我相信她能分辨出一些殘留氣息或力量種類。

「可以確定是附有力量的物品。我打電話和堂伯確認，看他要怎麼處理？」我猛然回神，這種事問大人不就好了嗎？結果連我也被發現怪奇現象的興奮迷昏頭了。

「萬一他不讓我們看內容呢？王爺不是要妳尋寶嗎？我怎麼看都覺得寶藏就是這張紙！搞

不好是祖先留下來要妳繼承某個強大使魔的契約書，平常還可以變成人形帥哥唷！」

妳想失業嗎？孩子。

我忍住這句話，誰教現實生活中炒了許洛薇這隻紅衣女鬼，流落街頭的人反而是我。

「要不然，給妳一個小時挑戰，我晚點打電話？」我說。

許洛薇露出恨鐵不成鋼的表情，又被彈飛了幾次，好在看上去沒有受到嚴重傷害，更激起熊熊烈火的鬥志，或許該煩惱的是在她挖出那張紙前我哪裡都不用去了。

「給我掉出來，不然我鋸了你啊啊啊——」

一小時期限被強制延長成好幾個小時，直到入夜，許洛薇的隔空移物才再度發揮奇蹟。

原本還牢牢卡在木頭裡的紙張忽然出現在我正上方，砸到我的頭之後啪答一聲掉在地上。

「喔耶！天啊！超能力！我一定會紅的！」許洛薇大樂地說完這句話後，臉色一變整個趴平在地。

「薇薇！妳怎麼了？」我連忙蹲在她身邊，觸摸她的背卻只能摸到微涼的冷氣團。

「好像使力過頭……」

話說我一直不清楚她到底怎麼補充力量，吸食我的生氣嗎？但我沒有特別虛弱的反應，難道眞的是靠腹肌？實在不想承認這麼愚蠢的超自然現象。

「我該找殺手學弟來讓妳振奮一下嗎？」我遲疑地問。

「要要要，不過還是先看看那張紙裡寫些什麼？」許洛薇累得半死，自然要先享受成果。

都把紙從大梁弄出來了，不看就太矯情。再說，我也不是真的想把責任推給許洛薇，我們總歸要禍福與共。

我打開那張摺成長方形的泛黃白紙，熟悉的筆跡立刻映入眼簾，竟然是爺爺留下的一封信，幾乎是同時，腦海裡浮出我小時候經常趴在書桌緣看爺爺寫字的畫面。

「薇薇，爺爺好像把族長才知道的祕密，關於蘇家冤親債主的起源寫在裡面了……」我轉過身，愣愣地對許洛薇報告。

「真的假的！」許洛薇立刻湊過來，和我一起讀起用鋼筆寫的手書。

其實，一張A4大小的信件內文並未記載太多細節，我只看到來龍去脈的大綱，但也足夠清楚了，真正讓我驚愕的，是當晚前來拜訪我的諸多夢境。

□

曾經有對差異甚大的兄弟，彼此感情不睦，就像許許多多手足相爭的常見故事，其中一個青年有多麼認眞勤快，另一個就加倍叛逆墮落，但身爲寡婦的老母親總是更疼愛那個不長進的小兒子，要長子多多擔待。

蘇湘水的父親蘇福旺就是那個家中支柱，難得的是，他是個孝順的老實人，對弟弟好吃懶做的個性，也當作小時候孤兒寡母吃苦吃怕了，並未苛責，甚至還負擔了弟弟的生活開銷。

蘇福旺有擔當的表現自然爲他贏得好人緣，加上模樣比村人周正不少，因此鄉里有個同樣貧窮的姑娘阿蘭不計較他出不起聘金，願意隨他打拚，蘇福旺就這樣順利娶上老婆，生了個胖小子。

由於他是長子又到了成家年紀，眾人都覺得他有這番成就理所當然，殊不知平凡的人生進展也被弟弟暗暗妒恨在心。

家裡多了兩口子要吃飯，蘇福旺不再容忍蘇福全偶爾順手牽羊拿走家裡的糧食、雞蛋變賣賭錢，兄弟之間口角增加。蘇福全不只憎恨所有人目光聚焦的兄長，對於那個時常在蘇福旺面前碎嘴的女人也有一股厭惡。

論模樣，蘇福全比不上哥哥英氣健壯，人品名聲更是沒得比，自然沒有女人願意垂青，家裡多了一個年輕異性刺激他，對此蘇福全反應是更加古怪乖張，針鋒相對的暴躁情緒與雜帶慾念的目光，自然引起阿蘭不安。

蘇福旺相信弟弟再不爭氣也不致於犯下亂倫大罪，加上田裡工作繁重，仍是早出晚歸，只叮囑愛妻小心別落單，照顧好行動不便的老母親和孩子，其餘不必煩惱，他會拚命工作好早點蓋間新房讓他們過上好日子，到時候單身的弟弟就能住在舊家與他們隔開了。

氣氛日漸緊繃，阿蘭懷了第二胎後，卻發生蘇福全白日喝醉將她拖進房裡欲行不軌的意外，多虧她性情剛烈大喊大叫，聞聲趕到的老寡婦撲到蘇福全身上捶打，他嚇得酒醒了一半，匆匆忙忙逃跑。

懷孕的阿蘭險些被玷污，蘇福旺無比震怒，找到躲在無賴朋友家的蘇福全揍了一頓，趕出家門，這時連老寡婦也不敢再出言維護了。

蘇福全躲到山上搭草棚居住，只能靠不定時下山乞討和偷竊維生，連無賴也不齒與他來往。村人看在蘇福旺的面子沒讓他眞的餓死，但這種受盡訕笑的日子對蘇福全來說著實生不如死……

漸漸，蘇福旺發現家禽和剛出生的豬崽經常不見，暗忖是弟弟幹的好事，既然已趕走他，看在同一個母親份上，若只爲塡飽肚子就不與他計較太多。

相安無事了幾個月，直到樵夫告訴蘇福旺，在某處小山崖下方不只一次看見摔死的小豬、幼犬，以及被折斷翅膀奄奄一息的受傷雞隻，村人層出不窮抱怨被竊次數增加，幾乎人人都中獎，意有所指要將眞凶交給官府。

蘇福旺意識到不能繼續姑息下去，加上阿蘭肚子大了，許多事更需要他細心留意，蘇福旺勉強安撫憤怒的村人，帶了一些米和舊衣去蘇福全藏身處談判，命令他遠走他鄉。這對所有人來說都是最好的解脫。

「若遲了，官府來拿人，你想走也走不了。」蘇福旺希望不肖弟弟知難而退。

蘇福全發出怪異狂躁的笑聲不置可否，蘇福旺於是將物品放在地上，威脅下次再看到便將他親手交給官兵，然後就離開了。

十天後，竊盜沒繼續發生，蘇福全也沒出現乞討，眾人以爲魔星終於消失，正鬆了口氣，蘇福全卻冷不妨再度趁白日闖入。

殊不知，當天一早因爲天氣不佳，蘇福旺仍在後院休息兼清理農具，將屋內對話聽得清清楚楚。

「阿母，那條金項鍊拿出來，妳說過要留給我。」

「那是給你娶某用的，不可啊，阿全。」老寡婦苦苦哀求。

「我不管，拿來！」

「蘇福全，你還有臉出現？這間厝一針一線你都沒資格碰！畜生！」阿蘭的怒罵聲。

一陣拉拉扯扯碰撞混雜女人恐懼叫聲傳來，蘇福旺劇怒，抓起鋤頭就衝進屋內，對著弟弟的背用力揮下，蘇福全慘叫一聲仆倒，罵著髒話爬出大門站起，回頭瞪著兄長。

兄弟倆眼神俱是恨不得生食彼此，而後蘇福全判斷打不過從小放牛務農、身強體壯的哥哥，詛咒幾聲再度逃跑。

老寡婦咿咿嗚嗚跪倒哭了起來，黝黑的男人氣得汗濕上衣，一場惡鬥還未開始就結束了，他拄著鋤頭雙手發抖說不出話，這時挺著大肚的阿蘭歇斯底里叫了出來！

「殺了他！你不殺他，他一定會殺了我們全家！求求你動手啊！那傢伙是畜生！你還是不是男人！」

天空竟在此時打了一聲旱雷，沉沉的，令人欲嘔。

蘇福旺有那麼一瞬看上去就要吐了，他提著鋤頭走回後院，換了把柴刀，沉默地經過妻子老母身邊，忽然冒了句話：「把門鎖好，我回來前誰來問都別打開。」

兩天後，男人回家，告訴老寡婦他沒追上弟弟，老寡婦安心了，哭得涕泗縱橫，但阿蘭從他手裡那把洗過磨得雪亮的柴刀看出丈夫已經將事情處理妥當，也跟著掉淚，卻是就此安心了。

於是這家人統一口徑告訴村民，蘇福旺的確上山去找過弟弟，最後一次勸他向善，卻不幸撲了個空。

蘇福旺一直等著樵夫經過小山崖，發現蘇福全「不愼墜崖」的屍體，豈料幾天後一場土石流將小山崖連同附近沖刷得乾乾淨淨。

人們以爲蘇福全遠走高飛，蘇家則再也沒提起這個行蹤不明的小兒子。阿蘭生產當晚，蘇家忙得不可開交，一時疏忽，才三歲大的長子不知爲何走出房子，掉進糞坑裡淹死了。

蘇福旺和阿蘭痛心疾首，卻當作現世報，所賺的錢糧除了供應蘇湘水旁聽幾年私塾義學的束脩，以及老寡婦的喪葬費用，其餘全捐出行善，兩人卻在兒子十五歲時先後染了時疫病逝，人們紛紛感嘆蘇家厄運不斷，連帶也無人敢讓自家閨女和這個僅存的、有田有屋還上過學的俊秀小夥子相親。

蘇湘水於是一個人孤伶伶地活下去。

□

蘇湘水從小就喜歡上山採青草藥，有時也爲自己和村民治個小傷小病，村民雖覺得蘇家遭惡運詛咒不宜太過接近，有著蘇福旺夫婦的好名聲庇蔭，加上樂於助人的作風遺傳，倒也沒眞心厭惡這名青年。

隨著青年日漸成長出色，認爲詛咒只是無稽之談的人們也多了起來，就在蘇湘水的人生逐漸導回正軌，他爲了治療心儀姑娘的腳傷，進入深山採集稀有草藥，身體卻忽然失去控制主動跳下懸崖。

蘇湘水掛在樹上大難不死，默唸佛經等了兩個日夜，一個路過的原住民原本要攻擊他，幸虧蘇湘水會說一些番話，並允諾替其治療野獸咬傷，因而化敵爲友，成功獲救。

那次生死邊緣，他總算知曉冤親債主的存在，父母臨終前曾向他吐露當年的不堪過往，三歲就夭折的無緣兄長死因或許並不簡單，蘇湘水懷疑凶手就是那個早已死去的惡毒叔叔。

回到村莊後，蘇湘水治好姑娘的腳傷，卻沒向她求親，反而變賣家產四處求道苦讀，試過許多裝神弄鬼的僧道。

他知道想活下去唯有自救。

蘇湘水成了一名修道者，但他自知能力有限，只選擇大隱於市相助有緣人，防禦著不知何時會出手的冤親債主。他在某處鄉村落腳，當個農夫晴耕雨讀，農閒時偶爾替村民外出採買雜貨，順道回老家掃墓，爲人辦些文書工作。

某次返鄉途中，帶著一車貨物藥材、名符其實江湖郎中的蘇湘水路過一處死氣沉沉的大宅院，主人據說是做樟腦出口生意的富紳，女兒生了重病，群醫束手無策，重金懸賞能治癒女兒的人。

當地正在流行瘟疫，日日死人，民心惶惶，連醫生都快跑光，蘇湘水甚至沒親自登門，富紳聽說有個會醫術的路過，立馬派家丁前往延請，其實和強綁也沒兩樣了。

蘇湘水覺得富紳這筆賞金若能到手可救濟不少窮人病患，便認眞診治那位千金小姐，發現對方雖然染上疫病不嚴重，最大的問題是她根本不想活下去。

年輕郎中從旁觀察，壯著膽子告訴富紳，小姐得的是鬼病，必須讓他和小姐直接對話，方能切中癥結，否則女子不日將死。

蘇湘水也不算說謊，他事先打聽流言，千金小姐得病前鬧出的騷動牽涉人命，富紳家的確有作祟痕跡，但要不要拚上自己貧弱的修爲和一條小命幫助這名女子，値得商榷。當時他還年輕，基於一份玩心，他提出與小姐獨處的刁難，想看富紳是否將他當成神棍，豈料富紳乾脆地答應了，間接證實小姐之前曾與人私奔卻被帶回，已非完璧之身的緋聞。

並且從富紳惶恐心虛的表現判斷，鬼病由來的「鬼」恐怕有其一分手筆；蘇湘水也不客氣，直接問那小姐的情人是否安好。女子答情人被打成重傷，據說死了。

「妳想殉情？」

小姐不答，蘇湘水於是不緊不慢地接著說：「想死容易，一條腰帶，一片破瓷，甚至吞枚金耳環都行，妳還在這兒病著，恐怕是不想死。」

她捏緊被角，末了顫抖道：「他抱著孩兒來找我，臉孔灰得沒有血色，我既苦又怨，爲何自己還活著……」

「還有懼怕？」蘇湘水戲謔問。

她咬唇。

「人鬼殊途，怕是好事，就怕執迷不悟想找個鬼丈夫。」他開朗地讚道。

少女恨恨地瞪他一眼，責怪他說風涼話。

「妳希望我怎麼做？」

「超渡他們。如果能活下來，我想離開這裡，但我爹不會許的，幫幫我，我可以爲奴爲婢，替你立長生牌位天天祭拜。」

「長生牌位就免了，妳那情人恐怕已成了厲鬼，而且還是疫鬼，不足月流產的胎兒被他抱在懷裡，免不了一併惡化，我可以試試。至於妳想離開的事，複雜的辦法我懶得想，簡單的倒是有一個，卻必須事先準備妥當，我還要妳充分配合。」

「什麼辦法？」她眼神晶亮。

「我尚未娶妻，家中有畝薄田，多養一張口還不成問題，妳若同意，我便向貴府主人討妳這個人。」

「我、我不想嫁人。」千金小姐連忙拒絕。

「我也不怎麼想娶親，只是假意湊和。妳遲早也是要嫁，貴府主人想必會挑個表面上不計較妳過往的男人，至於嫁人後會遭遇何種苦楚，妳定是有所認知才想逃。順便說，我倒是不介意女人貞操這回事。」蘇湘水面對千金小姐驚詫的表情，愈發覺得有趣。「如果認同我的做法，妳得替我討一筆大嫁妝，我自有用處。然後讓妳爹答應出資幫助窮人，並拉攏其他頭人整頓鄉里平復這場瘟疫，購買藥材、收埋屍體、修新水井之類。」

「你眞的不是……對我有意？」千金小姐自是不討厭這個英俊的江湖郎中，卻不可能這麼快移情別戀，何況她現在對男人是畏懼要多一些，誰知這個陌生人會不會後來翻臉賣了她？

「沒有冒犯之意，小姐是位美人，貴府主人願意讓我倆獨處，想必也有些許這種心思，我才會將計就計。但要得到妳沒這麼簡單，如果我不能爲爾父化解危難，妳仍是只能當籠中鳥。」蘇湘水忽然正色道，連帶少女也跟著正襟危坐。「在下早已決定今生不娶，因爲某種原因，我身邊的人都有性命之憂。」

「我信你。」

後來經過一番苦戰，蘇湘水說服富紳製作一尊瘟神像，奉作祟厲鬼爲溫王爺安撫之，然後帶走神像另尋福地安置，富紳求之不得。至於婚事也在千金小姐如有神助的恢復過程與充分配合暗示下飛快成了。

富紳原本就打算給願意接納不潔女兒的男人一筆豐富嫁妝當封口費，對於人選無法太計較。蘇湘水雖是白身，卻年輕未婚又具異能，提出的要求也是讓富紳廣爲行善，可見德行不缺，相貌文采更是不凡，論個人條件已超乎富紳期待，又聽說蘇湘水家在外地，日後無法經常往返，不致讓本地人經常想起這件醜事。

婚禮一切從簡，蘇湘水帶走了千金小姐和瘟王像，富紳也放下心中一塊大石。

他們終生未曾返回。

時光荏苒，蘇湘水後代之一的蘇洪清成了族長，對於這個充滿祕密傳承的職位，他總是想得比其他人要深遠，期望封死一切漏洞，因此平添許多煩惱。

戴著圓眼鏡的友人站在田埂邊，雙手環胸懶洋洋地看著他插秧，陳鈺才五十來歲已滿頭白髮，人倒是顯得格外年輕。

「法術別玩太多，你會早死。」蘇洪清直起身子，挺拔身形看不出已是做了祖父的人。

「鐵定比你活得久。」陳鈺回嘴。

「憑我的身分，想死還有許多人擋著，不需要你。」蘇洪清知道陳鈺在研究替身，眞正有效的替身，代價省不了。

「就憑那些草包？」

「爲什麼？」

「爲了你老婆。」

「……」蘇洪清舉起兩手泥，忽然有種想抹在好友白汗衫上的衝動。

「如果我還以爲你看不出我的意中人是誰，我就是白痴。如果你認爲我不希望你和雯兩個白頭偕老，你也是白痴。既然你當初出手毫不客氣，現在更不許婆婆媽媽。再說，鑽研法術是我的興趣，若能成功很有成就感。」

蘇家的強人二度無言。

「我有石大人庇佑，又沒有嗜血的冤親債主像金魚大便跟著，擔心我不如擔心自己。百密總有一疏。你既然不能告訴我那些祖上舊事，這部分你只能自己面對，萬一緣由失傳，其中的風險不可謂不大。」

「我該怎麼辦？我不想讓雯分攤這個危險，她知道有冤親債主，但了解內情是一回事，原本連妻子也不能說，只能暗示一些防範重點。要不是上任派下員違例偷偷告訴配偶詳情，我差點只能糊裡糊塗繼承這個職位。」蘇洪清只有在這個無關利益又能自保的好友面前能坦然吐露煩惱：並非身爲蘇家掌權者就不會猝死，一團混亂會讓寃親債主有機可乘。

陳鈺抬頭看看雲朵，又低頭望著青草，目光來到水田中鷺鷥踏出的腳印。

「有了，你就寫封交代用的家書吧！我替你收著，石大人在上，保證不偷看。」

蘇洪清沉思良久。「也好，就這麼辦。」

「你的愛妻便當來了，告辭。」陳鈺說完往山邊的方向走。

「等等，陳鈺。」

「還有什麼話沒說？」

「不許比我先死，還有，退讓是侮辱你和雯，我能使她幸福。」步入中年的蘇洪清眼中仍有著焰氣與自信。

陳鈺燦笑，轉身搖搖手繼續邁步。「那種事我早就知道了。」

白汗衫背影消失在小路彼方之後，妻子正好提著便當出現。

「洪清，你心情不好嗎？」

「沒事，等等我和妳一起回家，忽然想起有一封急信要寫。」

「難得你沒把手邊工作做完就要換下一個。」妻子笑道。

「留點進度給兒子練手，免得成天只會靠機器。」

那封交代冤親債主來歷的遺書寫好後卻不翼而飛，後來陳鈺聽蘇洪清抱怨，認爲冥冥之中已有安排，或許比由他拿著信更好，要蘇洪清放寬心，權當有人替他藏好信了。蘇洪清懷疑陳鈺是爲自己出的餿主意開脫，還拖著陳鈺到石大人面前擲了三個聖筊，確定不是竊賊所爲，機密資訊也不會外流，才放過一臉看好戲的好友。

景象一換，兩名老人在老舊的石大人廟後方廚房秉燭對飲，闃黑的室內只剩桌上燭光照出朦朧輪廓。

「小艾今年升高二了對嗎？還不打算和火根和解？你害我沒能教到這小女孩。」陳鈺問。

「沒什麼好說，成天嚷嚷要走自己的路，懶得管了。幹嘛忽然問起他們家？」

「趁還有點時間，隨口問問。再過幾天，我應該就要死了，怕我那傻兒子反應不過來，你幫我多關照些。」陳鈺想到養子驚慌失措的模樣笑了笑，回神才發現酒水灑了滿桌，蘇家族長的酒杯滾了幾圈掉到地上，碎了一角。

「給我解釋清楚！」

「之前和你提過石大人即將榮升某地城隍，守著空廟也沒意思，還不知會有哪些亂七八糟的精怪想佔位，我沒多餘力氣周旋了，剛好最近石大人問我是否有意願當祂的文書，聽起來滿有趣就……」

「少敷衍我！」

「石大人洩露玄機告訴我替身製作方式，我也得表現出誠意才行。」陳鈺瞬也不瞬回視好友。

蘇洪清還是狠瞪不放，陳鈺伸手想拿起自己那杯酒，猝然被對方握住手腕，練過柔道的握力讓他的手腕立刻傳來劇痛，就像友人知曉他死訊的感觸般，直接狠辣的刺痛。

陳鈺道：「活到六十四，夠了，數字也吉祥。」

「見鬼的吉祥在哪裡？」

「孔子說過：『物不可窮也，故受之以未濟終焉。』第六十四卦，不管遇到什麼困境都不會山窮水盡，很適合你我。」

「雯走了，連你也要拋下我！」蘇洪清怒吼，眼中隱隱閃著淚光。

「別急啊！你不會長命百歲，頂多就比我多撐個幾年，咱們三人黃泉再會，甭傷心了，很快又要見面。」

「那你就給我待在原地，等我死了一起走去見雯。讓你先溜了，她可不會原諒我。」

「啥？」

「我看不見鬼，但我要看見『你』。」

「清仔你酒喝多了，明天再說，起碼讓我好好交代遺言，都告訴你那麼好的卦象，別鬧啦。」

「你給我接手——當石大人！反正那也不是那尊神明的本名，一塊破硯，誰都可以當！」

「喂喂，還在廟裡，拜託謹言愼行。都答應了，臨時反悔非君子所爲。」陳鈺不好意思地搔搔雪白的半長髮。

「去推掉！管你的！給那新城隍當這麼多年廟公還不夠嗎？人家現在有官派手下了，不差你一個！再說有你代管地方我也放心。去幫我拿個新酒杯，等等天亮我非要在旁邊監督你搏到石大人的聖筊不可。」

這可讓人怎麼回才好呢？

「這事很尷尬，讓我私下問！筊不是這樣用的！」

「這次不行，我怎知你會不會陽奉陰違？我又沒陰陽眼！」

「糟了，我怎麼忘記未濟的反卦是既濟，馬上解決問題還眞是他的作風。」陳鈺背過身苦笑嘟囔，這表示蘇洪清用最快速度接受好友必來的死訊，決心用新的方式解決痛苦。

不是撫平也不是逃避痛苦，就是解決，打倒一切從自身浮出的軟弱，唯獨這樣的人物才當得了蘇家的族長。他有勇有謀卻奮不顧身這點，也讓陳鈺覺得不護一護他不行。

只好對不起石大人了。

「開一缸我的私釀，算我欠你的。」

「你是怕這些酒以後只有我能喝在心痛吧？灌死你這隻老蟋蟀！」

「呵呵。」

數日後，陳鈺養子連滾帶爬衝到蘇洪清家中帶來惡耗，蘇洪清立即隨他回石大人廟，陳鈺可說從幼到老都住在廟裡，也無其他恆產。

陳鈺已沐浴淨身換上壽衣，躺在床鋪上宛若沉睡，如此從容的離世實在世所罕見。本披在肩膀上的白髮僅剩兩吋長，有些參差不齊，徐然放在腹部的雙手握著三尊素燒小陶人。

「騙子，你果然比我先死。」蘇洪清忍不住撫摸那人額上的短白髮，陳鈺終於用上自己的頭髮和全部力量，完成畢生最滿意的替身符。

養子哽咽地解釋：「阮阿爸說，伊過身後必須馬上通知洪清阿叔，等你拿到阿爸留給你的東西才能發喪，阿叔，拜託你拿去吧！」

蘇洪清繃緊下頷點點頭道：「伊欸喪禮阮會幫忙操辦，你免煩惱，照伊吩咐過的內容做，知否？」

養子撲通一聲跪在床前，朝陳鈺的遺體磕頭，末了也朝蘇洪清磕了一個，感激蘇家族長如父執輩的愛護。蘇洪清喃喃說了幾句勸慰的話，揣著小陶人走出哭聲震天的小房間望海。

石大人廟火速重建，不到一年便翻新成爲氣宇堂皇的新廟，縣府公文也下來了，正好趕上懸掛新匾額，原本只有斷硯充作神體的石大人，升格爲城隍爺後辦置的神像還特別繪了個白臉。

敕封典禮結束，人潮散去，獨留老人站在匾額下，一臉挑釁地望著「城隍廟」三個金字。

「說過了，我會看見你。」新的廟宇、新的神像，僅有土石與木偶，卻是魂靈寄託歸宿。

直到蘇洪清失望地離開，匾額上方才傳來一聲若有似無的嘆息。一道透明虛幻的身影棲坐在廟簷邊緣，百般聊賴地托腮，穿著白色汗衫的青年，二十歲左右的臉孔上掛著圓框眼鏡，嘴角微微上揚，然後非常不應景地下撇。

「當石大人就當石大人，明明沒有天界文書，還硬栽我一個城隍名號，幹嘛這樣……」

如此執拗，教人如何是好？

Chapter 08 / 白衣姊姊看上妳

我彷彿聞到眼鏡青年消失後吹拂過原地的那陣海風，灼熱鹹味與幻覺般的清涼。許多夢境並非信裡提過的內容，卻像那些人的回憶跟著蘇家人來到崁底村，化爲夜晚霧氣和露水滲進我的腦海。

「爺爺那時看著城隍廟匾額的眼神好像在說：『陳鈺不是石大人，你是我封的神。』」我徐徐結束各種怪奇夢境分享。

「超酷！」許洛薇照例詞窮。

「屌炸天！」我也提供一個網路學來的糟糕名詞。

「調查任務達成！可以回家了！」許洛薇想念電視節目和那堆她還沒看完的影集。

「沒錯！」我決定這樣就算結束尋寶遊戲，至於有沒有成功我不管了。

我和她興奮了好一會兒，好不容易才冷靜下來。

「蘇家簡直是叛逆青年產地，爺爺居然也這麼狂放任性，老爸根本是遺傳他們！」相比之下我們都遜掉了。

「嘿啊，沒想到妳家祖先都玩那麼大，殺人、第一次見面就求婚兼斂財，三角戀啦、替身啦，還有封神。」許洛薇嘟起紅艷的小嘴，權威地下了個評語：「眞是太誇張了。」

「妳沒資格說這句話。」我的女鬼好友會變身成殺戮異形。「既然知道目前這位石大人的眞面目，我們回去前再拜訪一次，這邊的聲望值得修！」

「同意，石大人比那個溫千歲要好太多了！」許洛薇對於比自己美又比能打，連調戲技能也高出許多的溫千歲展現出強烈敵對意識。

「好，來總結一下，追著我的冤親債主本名叫蘇福全，也是我的祖先。可是他死掉時頂多二十，我在學校頂樓上看到的卻是個老人，會不會又搞錯了？不過惡劣的部分倒是很像。」我決定把重點拉回冤親債主。

「但是妳說夢到陳鈺死後也變年輕了，看來變成鬼以後外表年齡不準確。爲什麼會變老這點很重要，務必調查清楚！」許洛薇抓住我的手臂瞪大眼睛，她現在還是嬌俏可愛的美少女，專櫃保養品不能挽救厲鬼的老化問題，萬一走鐘就完了。

「或許和蘇福全死後一直害人或他害人的方法有關？列入之後的調查重點。」我說。

「那隻老鬼好像從生前精神就不太正常，喜歡把動物活活摔死，眞噁心。」許洛薇抓抓不存在的雞皮疙瘩。

「以前沒有心理醫生，但蘇福全的經歷已經讓他變成一個連環殺手了，我只是想知道自己在和什麼種類的變態打交道。」雖然知曉冤親債主的眞面目和緣由，但蘇福全死了一百五十多年還這麼凶惡，目前我的危機仍舊缺少有效解決方案。

「會不會他就是那次沒能殺死蘇湘水，殺人手法才會變得這麼陰險迂迴？」許洛薇推測。

「妳居然說出關鍵了！」我不可思議地說。

「我也看了很多靈異驚悚推理刑事美劇好不好！」她不屑地哼道。

這些類型影集比愛情喜劇有更高機率出現許洛薇熱愛的各種腹肌帥男，而且玫瑰公主意外地不愛看主打情情愛愛的作品。

總覺得還有些疑點被我們忽略了，我找出睡前放在背包裡的信紙，捧在手裡思考，抬頭問許洛薇：「爺爺說這封信他剛寫好就失蹤了，結果到底是誰偷走了還藏進屋梁？能進這間小屋，一定與蘇家關係匪淺。」

許洛薇還未回答，一片白色袖子穿過門板，纖纖玉手捻著合起的紙扇朝紅衣女鬼一指，她便動彈不得。

「找到寶藏沒？本王爺來驗收成果了，可愛的小妹妹。」

溫千歲隨手一搧，許洛薇又飛回院子，姿勢和她之前被信紙的力量彈飛時一模一樣。

「是你偷走這封信！」不會有錯，凶手就是他！

「嗯？不是哦！」溫千歲否認犯案。

「少騙人了！除了你還有誰會幹這種事！」

我衝動地指責完立刻後悔了。溫千歲，小時候的夢中女神忽然朝我走來，蒼白冰冷的手指緩緩抓向我的臉，我就像被蛇盯住的青蛙，徹底無法動作。

溫千歲看起來纖細，手掌卻出奇地大，完全是男人的手。我被他蓋住眼睛後，視野只剩下純粹的黑暗。

「我們這場尋寶遊戲還沒結束。」王爺這樣說。

我都夢到這麼多不該看見的內容還不算結束？他到底想要我找什麼？

獨自一人的炎熱下午……白衣白裙的大姊姊……我和這被恐懼瘟疫的人們所敕封崇拜的地方神明到底玩了哪些家家酒？奇怪，我怎麼從來沒好奇過？

所有被我理所當然跳過或合理化的記憶斷層幾乎都可說有點問題，我不會傻到認爲溫千歲第一次找上我的過程不重要，即使我已經猜到他是誰。

六歲的我被溫千歲抱在懷裡走著，我不知道他要去哪裡，四周景色奇妙而模糊，我像是在樹林裡亂飛又像投入水裡游泳，白衣姊姊身上很涼，我不怎麼害怕，只覺得興奮有趣。

「想玩什麼遊戲呢？小妹妹？」

我想了好久，只知道大人都很沒耐性，就算沒那麼老的大哥哥大姊姊，也不會一直和小孩子玩，但我太喜歡這位美麗的大姊姊了，絞盡腦汁想指定不會那麼快結束的遊戲。「尋寶！」

「好呀！我們先去找個寶藏，再把它藏起來。」溫千歲發出正中下懷的笑聲。

「耶！」

一轉眼就來到爺爺的隱居小屋，那時我只覺得白衣姊姊做什麼都理所當然，而且爺爺的神祕小屋裡一定有很多寶貝可以拿來玩！（請原諒一個小孩子的霸王邏輯。）

「妳爺爺昨天寫了一封信，妳也在旁邊看，我們用那個當寶藏吧！」溫千歲輕柔地提議，俗稱騙小孩。

「可是……」那時我隱約覺得大人寫了字的紙都很重要，亂拿會被罵，反而小茶壺啦、水晶之類的不弄壞還好。

「傻瓜，只是一張紙，萬一妳爺爺臨時要用找不到，他再寫一次不就好了嗎？又不是花錢買來的東西。」溫千歲就這樣用歪理說服了天眞單純的我。

「好啦！去拿那封信，我們來藏寶藏。」青蔥十指捧住我的臉，溫千歲蹲跪下來與我四目相對。

「嗯嗯。」我頭暈眼花，心跳聲撲通撲通，好高興。

我輕車熟路拉開最下層的抽屜，從一堆文件中間翻出信紙，上面寫了什麼我當然看不懂，不過對爺爺昨天才寫滿字的紙大致還有印象，收藏位置也是，可能是小孩子對祕密的味道特別敏感吧。爺爺那麼光明磊落的人難得偷偷摸摸還有點緊張。

「好了，小艾說要藏在哪裡好呢？」

「信不見了爺爺眞的不會生氣嗎？」顯然我還是有著感應危險的本能。

溫千歲見我退縮了，以退爲進再度蠱惑：「要不我們只藏在這附近，乾脆就藏在屋子裡，這樣就不算信不見了對不對？」

我被溫千歲一堆「不」字搞暈了，只能跟著最後一個字應和：「對呀……」

我環顧四周後，遲疑地看著溫千歲，他則溫柔地回問：「有困難嗎？小艾。」

「我想藏在某個地方，可是做不到。」

「哪裡？」

「上面。」我指著頭頂的屋梁。

「很簡單，我可以幫小艾。」

於是溫千歲抱起我，從我手中接過摺起來的信紙，一轉眼飄上梁邊，我指著大梁末端的角落，本意是把信偷偷放在上頭，溫千歲望了望，似乎很滿意的樣子。

「就這兒？行。」他喀嚓一下就把信紙切進梁木裡，小屋好像瞬間震了一震。

「等等！誰要找寶藏？大姊姊不是應該要把眼睛遮起來不偷看的嗎？」

我因爲找到好地方藏起寶藏，一時之間太興奮，竟忘了只有兩個人的尋寶遊戲，我和白衣姊姊一起藏寶藏就沒得玩了。

「是大哥哥，還有要尋寶的人是小艾唷！」溫千歲將我放回地面說。

「但我已經知道寶藏在哪裡，還是我自己藏的。」我被尋寶遊戲的矛盾纏住了，無視對方話裡的關鍵字。

「別擔心，小艾只是在作夢，妳馬上就會忘記。」

「作夢？」但我覺得自己很清醒，白衣姊姊這樣說讓我很不服氣。

「該回去了，小艾，要開始努力知道嗎？找到寶藏。」溫千歲又強調了一次。

那股冰涼持續包圍我，忍不住昏昏欲睡。

「找到寶藏就是我贏了嗎？有什麼獎品？」

「獎品不就是妳得到寶藏了？」溫千歲不負責任地哄著。

「如果我沒找到寶藏呢？」遊戲有贏就有輸，年幼的我無意識地問起另一種結果。

那張雪白精緻的臉凝聚出一朵透明曇花般的笑容。

「死。」

□

兒時回憶的那天傍晚，我只記得自己在大榕樹下睡得很舒服，一覺醒來白衣姊姊已經不見了，過沒多久，連在廟邊玩耍的記憶也漸趨模糊。

肉體是否和溫千歲回到隱居地這一點無法證實，只能說我的魂魄鐵定有到場，還自作孽把遺書放置地點和藏信地點都指給溫千歲，結果是做賊的喊抓賊，天啊救命！

許洛薇趴在窗戶上看我，悲傷地搖搖頭，我還沒放棄治療好嗎？

「寶藏到底是什麼？你一次也沒有說獎品是信。」我趕快轉移話題。

對我來說，這一趟寶藏之旅的真面目是回憶，最多的是和爺爺奶奶生活的點點滴滴，也有透過堂伯口述才知道的部分，有點恐怖的蛤蟆精誘拐事件，以及和眼鏡爺爺互動的神祕經歷。

「終於正式認識了。我們相遇那一天，我想和蘇家人玩個遊戲，如果任何情況都不能阻止妳找到寶藏，我願意在適當的時候幫幫妳，就當作獎勵。當然，我只選自己有興趣的人，妳也沒讓我失望，被家族除名孑然一身，又能看見我的真面目，帶著厲鬼朋友回來東轉西轉，可愛的小妹妹。」

溫千歲捏住我的下巴緩緩逼近，奇怪？他明明是靈體，我卻有被碰觸的感覺，難道附身也有這種用法？

「寶藏當然是指本王爺珍貴的友誼……」

「等等！給我一分鐘！」我一隻手用力往前撐開，溫千歲爲了不讓我的手對他穿胸的爆笑畫面出現驚險閃開，我立刻掏出手機連上網路一陣狂按。

「害羞了嗎？」

他的手從背後繞過我肩膀，用手掌包住我的臉頰，嘴唇就要湊過來，許洛薇這該死的傢伙居然還瞪大眼睛看好戲！

「我知道你只是想疼愛晚輩又不好意思承認，『太伯公』～」我咬牙切齒爆出網路上搜尋到最接近我與溫千歲眞實關係的稱謂，雖然不確定高祖母的私生子能不能這樣叫，總之大概是這種親緣程度。

溫千歲表情石化，我趕緊鑽出他的懷抱，衝到許洛薇身邊，要不是隔著一道牆，我還想藏到她身後。

「薇薇，妳太沒義氣了！居然不救我！」

「他只是在鬧妳，又不會眞的親下去，還有我剛剛眞的動不了呀！」許洛薇像囚犯一樣雙手和頭顱掛在窗框上，辯解完後又艱辛地舉起大拇指：「nice吐槽！太伯公哇哈哈哈咕嘻嘻嘻……」

玫瑰公主完全解放的笑聲很令人上火，我想她眞的很介意溫千歲停駐在十七歲的嬌美容顏，畢竟許洛薇死前已屆「大四」高齡，如今終於扳回好幾城（瞧這輩分的落差）。就算被溫千歲的力量壓得動彈不得，她還是很爽。

「幹得不錯，小朋友，居然能猜出我是誰。」溫千歲一瞬恢復嫻雅，我最大的突擊只有這種效果，對方實在太棘手了。

「我不是猜，是大小兩個疫鬼二選一，而且還很好選。當年蘇湘水與疫鬼苦戰贏了，那不是人類能獨自解決的存在，雖然夢裡的相關部分僅是一閃而過，依稀有蘇湘水起壇善後的模糊印象，應該是把大的疫鬼交給神明或地府處理了。反正蘇湘水也不可能把情敵放在身邊供養唄？散播生化攻擊的恐怖分子當然是報警抓走最乾脆！你說與蘇家有緣卻不是蘇家人，又這麼不屑蘇家，正確地說是不屑蘇湘水，那只有一個可能，你的緣分深繫在高祖母那邊，嚴格說來我們還是有血緣關係。」我扳著手指數數。

溫千歲含笑看著我，用眼神鼓勵我說下去。

「還有我終於明白爲何初次見面就覺得你很親切，不像陌生人，我看過你的臉。」

「哦？」溫千歲雙手環胸，袖子滑下露出兩截雪捏似的手臂。

「你輪廓上的遺傳特徵，我在爺爺的老相簿、家族女性長輩和一些小孩子身上都看到過。眉毛和下巴的形狀，顴骨高度臉型之類，我好歹也是學畫畫的。」

就因爲是臉盲，我才習慣用簡化線條快速分類，硬記住些個人特徵，再怎麼說我也知道老是認錯人很不禮貌，同班同學和老師還是得記住，一張完整的臉我乍看和其他人總是差不多，五官拆開來反而較好認，加上這次返鄉我拚命記親戚，猛然留意到溫千歲這張臉撇開美貌不談，著實挺眼熟。

「太伯公，我不知道高祖母的長相，但你現在的臉應該就是她的模樣，或至少非常接近對吧？因爲你不是正常出生，不知道自己長大的樣子。」我一猜出溫千歲的身分，立刻就想到他貌若好女的原因可能只是單純模仿母親。

之前在他身上感受到那種獨特的氣質，終於知道是怎麼回事了。雖然外表接近成年，知識可能也遠超越成人，但心性其實還是小孩子，沒經歷過青春期的那種，性別意識不成熟，因此欺負許洛薇完全無心理壓力，被他調戲也感覺不到性意味。

其實我有一部分大概也像小孩子，不想長大，所以能理解溫千歲的狀態，他是無法長大，當然，他實際上死了很久，又當上地方神明，見識比很多老人家都要廣。

「其實現在有電腦軟體可以合成雙親容貌，模擬你成年的眞實長相。」我不知道該說什麼，乾巴巴地接了一句。

溫千歲還是沒發表任何意見，許洛薇也覺得現在不宜插嘴，我一個人撐場面覺得有點心酸。

「可是爲什麼你會變成王爺我就不清楚了，蘇湘水促成的？你恨他搶走媽媽？」像爺爺封了陳鈺當城隍一樣，以蘇湘水的能耐聲望要扶持本來就人爲成分很高的地方神明，不費吹灰之力。

「我曾被化爲疫鬼的親生父親抱在懷中，論起散播瘟疫的本事，我與他不相上下，那時我的確是個厲鬼。明明快要出生，母體卻被人打得早產，只來得及在這世上吸了一口氣，就被裹在襁褓裡，迄今也分不清是過度衰弱還是被悶死的我——如何不恨？」

溫千歲瞳仁微微泛紅，邊緣長出一些赤絲，我立刻寒毛直豎，怪眼一瞬又不見了，幾乎是錯覺。

「蘇湘水趁親緣尙淺，把我和疫鬼父親分開，生父因爲殺戮過甚被地府抓走了，我差點被他帶下地獄，這一點還是託蘇湘水的福，不但沒被問罪，反而讓他帶頭號我當了個王爺，呵……」他承認我對疫鬼生父下場的推測。

「爲了安撫你不作祟嗎？」我小心地問。

「只是理由之一。另一個原因是娘若要獨立生活，假稱是寡婦依附我的廟，當個收驚解籤的廟婆，至少不會落人口實，又可以收香火錢餬口，專心供養我。」溫千歲忽然瞄了一眼房梁，好像覺得沒用信紙把屋梁斬斷很可惜，看來和蘇湘水很不合。

「可是高祖母最後還是沒當廟婆。」我小心翼翼指出這點。

「天要下雨，娘要嫁人。算了。」溫千歲笑得我愈來愈冷了。

「那你能變化外表和除妖也是蘇湘水教的嗎？」

「原本製作一個神像沒啥大不了，只是附在神偶上的孤魂野鬼，疫鬼實力到底有限，比不得神明。蘇湘水答應娘要將我視若己出，卻過了好幾年孩子都生了又遇上山洪爆發，整群人遷到崁底村才爲我起廟，他把蘇家安在這裡，還需要一個境主照看。有修道者幫忙修行的確進步很快。我能成爲王爺是條件交換，我想變強，代價得簽陰契守護這片土地，不能任意離開。我簽了兩百年的陰契，蘇湘水才肯替我重塑魂身，死前又把剩餘法力傳給我。」

所以他可以在結界小屋裡破壞屋梁藏東西，卻不影響蘇湘水設下的法術，甚至他還支持法術繼續運行，白天顯形來看我，簡而言之，隱居地和溫千歲的力量互通。

「就算有蘇湘水在旁邊，我修煉過程中還是失控過。沿海那邊以前鬧過瘟疫，本王當時差點衝進海裡離開本地流浪，大潮時海水特別吸引我們這類存在，潮波會把一些東西從海上送來，又捲回海上。」

那時崁底村只是粗具雛形，蘇湘水可能一手擔下溫千歲的鎮撫工作，在餘生靠學養和法力教育這個厲鬼成爲地方神明，雖然不正規，對培養一個角頭卻很有效。

從散播瘟疫被活人畏懼，到能控制疫情甚至驅逐疫鬼，本地人需要有自己的王爺信仰，這樣他們才能防禦外來的瘟神瘟鬼，倒也是個簡單好懂的原因。

「除了娘以外，我不想保護任何蘇家人，特別是男人。」溫千歲攤掌說。

「爲何爲我破例？」我眞的很好奇。都隔這麼多代還不是同宗，我和溫千歲少得可憐的血緣關係說穿了也不值幾個錢。

「說過了，我和蘇家很有緣，娘也算對我有心，我奉養不了她，反而讓她祭拜一世，這份情我是要還的，所以我要護的不是蘇湘水，是娘的後人。」

被趕出家族的我直接符合資格了，眞是塞翁失馬，焉知非福。「可是我六歲就被你鎖定，那時我還是蘇家人。」

「因爲妳看得見我，長大以後應該很好用，加上蘇湘水直系後代出事機率高。啊……還有海邊那傢伙也喜歡妳，把妳搶過來很有成就感。」

靠！又一個現實主義者，是有那麼缺代言人嗎？好像真的很缺。

溫千歲的攻擊性到底有多高？連陳鈺那麼溫和慈祥的老爺爺也能結下梁子。等等，眼鏡爺爺本性真的很溫和嗎？還是不要想太多比較好。

「太伯公——」我剛開口就被他忽然燦爛起來的笑容嚇壞了，溫千歲敞開懷抱，一副要把我抓過去蹂躪的模樣。

「小曾姪孫女，本王寂寞慣了，妳再伯公伯公喊個沒完，本王可禁不住想親親抱抱妳了，畢竟妳在本王心裡就像小娃娃一樣，吶？」尾音很妖嬈。

我火速合掌求饒：「王爺大人！」

「太生疏了。」溫千歲不滿意。

「王爺叔叔，你有名字嗎？」我總不能真的喊他大哥哥，溫千歲看起來年紀比我小，輩分卻超高，用平輩稱呼太違和了，還是保留一點距離比較好，希望他能記得長輩的尊嚴收斂一點。

「有是有，但我擔了溫王爺的神格，按例不能說出本名。」

稱呼問題勉強這樣敲定了，溫千歲這傢伙本質和許洛薇是同類，換言之，貨真價實的變態，也不會無條件幫我，多個瘟神當長腿叔叔並沒有很高興的感覺。

「爲何你說我找不到這封信會死？」我得知道還有哪些死亡陰影籠罩在頭上，雖然我拾回的記憶人物也的確都是某種意義上的靠山。

「現在貌似不容易死了，當時沒料到妳身邊會有這隻。」溫千歲稍嫌無趣指著許洛薇。

怕壞人的許洛薇終究沒能當面嗆回去。

「其實沒有薇薇在身邊又想不起來這些記憶，獨自一人我是眞的很可能死翹翹啦！」我乾笑，關於我的危險處境，溫千歲說的沒錯。「這封信只是爺爺以防萬一，交代蘇家祕辛用的遺書，上面沒提到可以救我的內容，憑什麼你覺得把信給我，我就可以活下來？」

溫千歲挑眉打量，我無比忐忑，他用理所當然得讓我想吐血的口吻解釋：「哦呀？妳不拿去威脅蘇靜池叫他罩妳否則就要公開？本王覺得會很有效。」

搞半天是要我寄黑函勒索，好惡劣，太惡劣了！

「辦不到！我會把信還給堂伯，那應該是他的東西，就這樣！」關於做人的底線，我有必要和溫千歲講清楚，他爲我設想這點很貼心，但我只接受我認同的做法。

「隨便妳。」溫千歲不在乎地說。

「那個，我們準備回去了。」既然眞相大白，我選擇腳底抹油。

「妳比預想中能幹多了，目前看似沒有我也活得下去，但妳能撐多久？三年？五年？」溫千歲問得尖銳。

若是還能活三五年那也不錯呀！我之前不知有冤親債主時就已經過一天是一天，坦白說夠絕望了。

「至少現在我不能留在這裡。」我忽然想到，溫千歲受陰契束縛無法離開自己的地盤，他拉我當代言人不見得只是想奴役我，興許是因爲只有這樣做才能保護我，就像堂伯對孩子的保護一樣。

但我又覺得溫千歲搞不好就是想一箭雙鵰，答應了鐵定會被他毫不留情地奴役兼玩弄。

溫千歲看著趴在窗上的許洛薇沒說話，但我們都心知肚明，許洛薇的問題解決前，我不會考慮其他選擇。

「我可能和高祖母不太像……」我天外飛來一筆。「父母基因遺傳一半一半，女生出的卵子還比較大，不會因爲我姓蘇就只把蘇湘水當成祖先，男女平等嘛！你是高祖母的兒子，這個事實不會改變。」

他作勢傾聽。

「我只是想說，不管你有沒有救我，你都是我的祖先，清明節和除夕，我會盡量回來祭拜你，前提是我還活著。」

我是生前，他是死後，我們都明白一個人孤伶伶的感覺，既然他找到了我，我也不能表現得太小氣。

溫千歲愣了愣，揚起有些壞壞的笑：「讓我養也行呀！正缺活人跑腿辦事。」

「眞的想救我就替我介紹工作！錢多事少離家近的正常打工！柔道社那邊我還不想退出。」我吼出心中的渴望。

等等，這樣好像眞的把他當個浪蕩不羈的單身叔叔在抱怨日常生活。

溫千歲按著我的頭，單手將我轉了一圈仔細觀察。「其實妳和『她』還是有相似之處的。」

「高祖母？」我受寵若驚，要知道，溫千歲百分之兩百就是個大美人。

「身高一模一樣。」

「喂！」除了身高其他全盤否定是什麼意思？好歹可以說眼睛或笑容這種不靠譜的部分相似，都自家人了，就算是癩痢頭也該誇一下才是。

窗外傳來公雞啼叫，曙光乍現，溫千歲該說的話說完，既然我不領情，他便消失了。「小艾，快點，我幫妳消毒！」許洛薇解除重負，立刻撲上來抱住我一陣亂摸。

觸感很微弱，她用這種方式發洩對溫千歲的不滿讓我覺得很好笑。

「以後怎麼辦？那尊鬼王爺應該打得過蘇福全，乾脆妳拚命求他出手算了，說不定有辦法把冤親債主關起來。」許洛薇的語氣相當口是心非。

「溫千歲有他的責任和制約，沒事我也不想求他。不過溫千歲繼承了蘇湘水的法術和知識，有機會不如探聽自保的方法，他不說就算了。」這是我的真心話。

厲鬼如何修行淡化怨氣改變體質，不求變成地方神明，只要能乾乾淨淨人模人樣投胎就好，許洛薇的麻煩說不定有解了，辦法就在溫千歲身上。

許洛薇按著額頭思考，最後很有哲理地開口：「先去找殺手學弟吃早餐，我聽你們聊過流動夜市，今天大玩特玩，最後逛完夜市再走！」

「薇薇妳確定不需要繼續休息嗎？」她爲了拿信已經精疲力竭，後來又被溫千歲壓制，中間我睡覺作夢那點緩衝時間根本不夠。

「要，請把我送到腹肌的殿堂。」許洛薇誠懇地說。

「知道了。」

我驀然想起重要的待辦任務。

「我還得幫刑玉陽買禮物回去，順便問殺手學弟有沒有推薦的土產。那就趁白天再去一次石大人廟，另外把信還給我堂伯，其他時間帶妳去玩。」其實我累斃了，然而正如許洛薇所說，難得回趟老家，怎能不留點時間單純放鬆玩耍。

許洛薇發出歡呼。

終於要離開隱居地，雖然不捨，但小屋外的危險世界才是我熟悉的紅塵人間。

□

回到家鄉的第五天早上，我決定主動到蘇靜池家中告別，將沒解開的毛線與爺爺的遺書還給堂伯，順道看看他愛逾性命的雙胞胎。

話說，我連雙胞胎的性別都不清楚，更別提名字，或許堂伯如此嚴密的防衛已是某種咒術了。

此時的我暗自下決心，短時間內不會再回來，此舉也有做個了斷的意味。

也許我遇到困難時會遠距離通訊或透過關係向家鄉親友求助，但我已經不想大剌剌衝回老家，依賴這裡的神明，直覺這麼做對許洛薇並不是好事。

只要我的情況變成許洛薇自認幫不上忙，或覺得我不需要幫忙，她會變成什麼樣子？反正不是好的那一種。而我也一樣，如果她不需要我了，我會受不了的。

我好自私。

堂伯在手機裡回訊歡迎我去拜訪，怕我不知道位置，還詳細描述路線。其實崁底村也就這麼丁點大，隨便問問不怕找不到，讓我深受感動的是他殷勤叮囑，有如我真的是個久別拜訪的普通晚輩，不是家族避之唯恐不及的大麻煩。

堂伯家是蘇家常見的自建三樓透天農舍，頂樓平坦，可以上去烤肉看星星；屋外幾乎都有菜園或小池塘，二樓陽台走道繞著屋子成回字形便於眺望四面；庭院不是框著水泥圍牆，就是用灌木或竹子作爲籬笆屏障，蘇靜池是後者，他家竹圍高到幾乎看不見裡面有人居住。

拜訪的過程很普通，堂伯和我打過招呼就坐下來擺龍門陣。客廳擺著鑲在木桌裡的銅火盆和鑄鐵茶壺，火盆裡是燒完的木炭和一堆灰，非常別緻，我以爲老人家都喝烏龍或普洱之類，比較驚奇的是他居然是拿漂亮的英式骨瓷茶具泡好像很高級的紅茶給我喝，總之不是我常聽到的大吉嶺或阿薩姆。

「妳堂伯母喜歡喝紅茶，記得小艾以前說過妳也愛喝。」蘇靜池說。

「現在當然也喜歡。」我趕緊接上，其實是不挑嘴。

雖然不記得有去堂伯家的記憶，依小時候習性判斷，一定是羨慕堂伯母拿著茶杯的優雅模樣跟著裝逼說好喝，在別人家看過堂伯母的舊照片，真是大美人。

「小艾，我交給妳的毛線解開了嗎？」這位蘇家實質領袖謙和地問，看不出有期待我迅速解開的意思。

「沒有。」我苦著臉望了放在茶几的手提袋一眼。

「沒關係，送妳吧！什麼時候解開來，約定還是有效。」

「好的，謝謝。」我把爺爺的遺書交給他，向他懺悔了溫千歲的惡作劇。

雖然沒有陰陽眼，堂伯卻也不曾流露驚奇興奮的反應，只是打開信紙專注閱讀內容，我省略了夢境的部分，不想讓他們覺得我有太多超能力。

「原來如此，王爺大人與我們蘇家還有這段因緣。」蘇靜池沉吟。

「當初是蘇湘水命令後代要虔誠供奉溫千歲的嗎？」

蘇靜池點頭道：「另一方面也是溫千歲的確靈驗，親身體會過的鄉民都深信不疑，雖然早年溫千歲有些喜怒無常，不過現在已經相當溫和了。」

「那位神明給我的感覺也不是討厭蘇家，就是那種『雖然有血緣關係，但不是一家人，偏偏又有責任照顧。』有點不以爲然，但還是會認眞做事的樣子。蘇湘水希望後代盡量回故鄉生根，也是因爲這裡有溫千歲保護大家吧。」我說出直觀的感想。

「那位大人歷來最有名的事蹟，就是有人來擲筊想分靈絕對拒絕，還有出了地盤的請求一概不管，廟裡的人不會越界出差辦事。不過要是有人被作祟，來村裡住一段時間也是能好。」

蘇靜池也順口爆了溫千歲的八卦，這個主動冒出來的便宜神明叔叔真是拒絕血汗加班的勞工表率。

「我只是想說，溫千歲眞的很強，你們住在這裡應該是沒問題的。」總覺得應該要告訴堂伯我怎麼看待他們和溫千歲的共生關係，基本上是正面支持。

堂伯給了我一個苦笑，我立刻解釋自己沒有羨慕的意思。

「怎麼說呢？我一個人勉強還可以活下來，要我去保護別人卻有困難，現在這樣也不錯啊！」薇薇在外面等我，堂伯似乎是她不喜歡的類型，不愧是被我譽爲刑玉陽進化版本的知識分子。

至少我能和堂伯推心置腹說幾句話，而不用擔心許洛薇在場不好意思，保護別人眞的是很大的挑戰，蘇靜池無疑保護了很多人，最近戴佳琬事件讓我再度挫敗，我連個普通女孩都保護不好，還是兩個學長實際的行動更可靠。

所以我眞的心服口服，不會再怨懟被逐出家族的往事了。

恍然大悟其實我並不需要蘇家族長的保護，既然這樣也沒必要覺得人家虧欠我。

堂伯聽了我這番回答又是愣了愣，我不懂他忽然欲言又止的原因，好像他還有什麼非告訴我不可的話卻無法出口，我眞的不是在逞強，而堂伯也已經安慰過我了呀？

「好吧！小艾，妳有妳的考量，但這封信還是麻煩妳繼續保管了。」他推回那疊舊信。

「這樣不好啦！」我猛搖頭。

「二叔紙上開頭就說了，這封信是留給發現它的蘇家後代，再說，也要留在派下員以外的人手裡才能發揮備份的價值不是嗎？」

「這樣說也有道理……伯伯你眞的不打算找其他可靠的人幫你收著信嗎？」我總覺得這封信像手榴彈，原本身無長物反而沒那麼多顧忌。

「我想二叔當初將遺書委託陳鈺先生應該也是囑咐他藏起來，不打算無條件交給蘇家人。畢竟，萬一所託非人後患無窮。從這個角度來看，交給表面上和蘇家斷絕關係的妳其實更適合。」蘇靜池道。

「好吧！我盡量幫你收好，希望不會有需要動用這封信的一天。」事關重大，既然堂伯看得起我，我也不能扭扭捏捏，畢竟我將來有求於他，這點付出很應該。除非他死於非命，不然一定會好好把派下員的職位傳下去，也就輪不到我出場了。

他朝我笑了笑，像是完成一件額外工作，感覺堂伯身上的氣氛略有鬆動，但還是沒有完全放鬆。他其實是個戒備心非常深的人，還是該說蘇家歷代族長都是這樣呢？總之我一開始就放棄捉摸這種軍師人物的想法，只等對方出招再臨機應變就是。

堂伯對我好就承他這份情日後回報，對我不好我就跑，再也不回頭，這樣想簡單多了。

Chapter 09 / 出事了

客廳縈繞著淡淡肖楠香，蘇家族長將臥香點在別室，香氣傳到客廳已非常淡雅，清淨安神，對壓力龐大的人來說，這樣既鄉村又高雅清閑的環境實在太美妙了。

仔細想想堂伯的壓力比我大不知幾倍，我頂多就是煩惱自己和許洛薇，堂伯卻得擔起家族性命安危和隨時可能死掉的雙胞胎，難怪他要把家裡布置得這麼夢幻空靈，否則日子怎麼過？

等我喝完第一杯紅茶，堂伯又殷勤建議我第二杯加些蜂蜜和純牛奶換換口味。我的確比較喜歡奶茶，抱著高級茶不喝白不喝的心態繼續牛飲。

「小艾，妳是個講究公平的人，所以我也應該告訴妳一些事，作爲妳誠實告訴我有這封信存在的回報。」

我一愣。堂伯這是在刷好感嗎？他像傳統長輩高高在上偶爾指教我反而沒心理負擔，但他對我委實太過平等了點？

「不用太刻意啦！雖然我之前想過找你打聽，但這幾天自己想起來不少事，就我想知道的部分已經夠了。」我不知怎地沒有馬上說好。

有句俗話這麼說，知道愈多死得愈快哦呵呵呵……爲啥是許洛薇配音？

「我其實不想當派下員。」

堂伯你眞是個任性的大人，蘇家男生到底怎麼了？這是遺傳吧？一定是。

「因爲那對雙胞胎嗎？我的堂弟或堂妹？」爺爺在我大二過世，那時堂伯的孩子早就出生了，無論宿命還是因果這些明顯可見的坎坷命運也確認得差不多，如果不是先得知他是族長，我以爲蘇靜池會把心力全花在照顧孩子上，徹底的隱士派。

反過來想也可以，就因爲我的堂弟們是不幸體質，才需要靠族長的力量來庇蔭他們，總之堂伯明顯不是戀棧權位的類型，這才是爺爺選他的理由。

「堂弟。」

「喔。」我馬上在腦海裡描繪出兩個超萌的小男孩。

「但二叔給了某個我無法拒絕的代價。」蘇靜池起身從櫃子裡拿出一個古樸漆盒推到我面前，示意我打開。

我小心翼翼掀起盒蓋，錦緞上躺著三個手掌大小的小陶人，粗具五官，沒有性別。很眼熟，過了十幾秒才想起既視感從何而來——在夢中這是陳鈺給爺爺的最強護身符。最可怕的是爺爺一個小陶人也沒動用，就靠自己的力量安享天年，這太作弊了！

「看表情，妳知道這是什麼了？」蘇靜池半是確認地反問。

「不是很清楚，大概是爺爺留下來的替身之類，用途是保護下一代族長？」如果小陶人沒有限定本人使用，那還眞是了不起的道具。

在夢裡，陳鈺用他自己的白髮製作護身符，不是爺爺的頭髮，所以小陶人並沒有隨著爺爺去世失去功能，彷彿陳鈺先生連爺爺不見得會用掉護身符這件事都預測到了。

「是的，大概對蘇家子孫都能起到擋災的作用。妳挑一個收好。」

堂伯冷不防一句話差點沒嚇死我。

「爲什麼？」我立刻將身體往後挪。

「目前妳是冤親債主的首要目標，火根和弟妹又因此而死，他們就這麼一個女兒，礙於族規，我不能偏袒被趕出家族的人，不過這些陶娃娃是我的私人物品，送給別人不打緊，但我只能給妳這麼一個，很抱歉。」

「我不能收。這是伯伯你的，剩下兩個你打算給我的堂弟們用對吧？我拿走了你要靠什麼擋？」

「上任派下員做得到，伯伯也可以。」

「不，你不行！」我想都沒想衝口而出。

蘇靜池一臉空白，沒料到我直接削他面子。

我趕緊補救：「我的意思是，你和爺爺不一樣。爺爺很能打的。」這是戰士和牧師的差別啊！

堂伯強烈的文人氣質，用遊戲比喻就是個皮薄餡美的補師，本來就是被圍起來保護的，我可不敢和他搶救命道具，就算堂伯爆冷門用不到護身符，還怕雙胞胎不夠用呢！

我知道堂伯的意思，他不是沒遲疑過，也不是不掙扎，卻在我向他告別的最後關頭決定送出這個重要禮物，意味著我的命和他的兒子一樣重要……這就夠了，完完全全很夠了！

「我有守護神幫忙，別忘了，我們打跑過冤親債主，蘇福全再來我也不怕，就算你硬塞我也不會拿，我不想靠替身躲起來，那個冤親債主我恨不得看一次揍一次！還有萬一伯伯你在危急關頭卻少了次活命機會，蘇家其他人會怪在我頭上。」我蓋上盒蓋，將漆盒推還給蘇靜池，心中難免大呼可惜，但一想到那對可能短命的小雙胞胎就半點也不後悔。

不管是製作出這個三個小陶人的陳鈺先生，或是一個小陶人也沒破壞的爺爺，他們實在太強了，或許得像他們那樣獨立才能鬥贏冤親債主，在這裡讓步拿走護身符就輸了。

於是我們沒有再談小陶人的話題，蘇靜池碎碎叨叨說著我老爸的童年糗事，我也聽得興致盎然。話說他眞是記得有夠清楚，簡直是從ＣＩＡ退休的神祕人。

等時候差不多，我向蘇靜池告辭，轉身想拿堂伯送我的毛線紀念品，卻發現原本放提袋的位置上空空如也。

靈異事件？

我張大眼睛，巴巴地望著蘇靜池，他乾咳兩聲解釋：「剛剛星波和星潮從妳背後經過客廳，大概是他們拿走了。」

什麼，這對小兄弟居然敢不和大姊姊打招呼？既然如此我也不能客氣了，先拍兩張萌照回去當桌布再說！看堂伯與堂伯母的模樣，就知道雙胞胎品質有保證。

「妳可以去找他們，他們大概在庭院裡。」中年得子的蘇家族長立刻露出寵得無法無天的笨爸爸語氣。

「喔，那我去了。」躍躍欲試。

忽然想到一個問題，薇薇此刻就在庭院裡，堂伯的視野裡即使一片黑暗，還是沒有鬼魂，不知小堂弟們看不看得見靈體？我是心燈熄滅的半死之人才有陰陽眼，蘇靜池的雙胞胎則是天生多災短命，時運鐵定夠低了。

我來到庭院，許洛薇乖乖蹲在竹蔭下，很好，但她旁邊多了兩個小孩是怎麼回事？兩童一鬼正熱烈交談。

雙胞胎和我想像中不太一樣，模樣還是很可愛，但其中一個和我一樣高，長眉鳳目短髮的古典小帥哥；另一個則矮了兄弟一個頭，是齊髮妹妹頭圓圓大眼的秀氣小蘿莉，穿著手縫扶桑花粉橘色浴衣，腰際綁了個大大的紫色蝴蝶結，小小的手握著一束猶帶露水的桔梗，堂叔說他的雙胞胎都是男生，我應該沒記錯？

許洛薇的聲音如裊裊煙霧，帶著虛無飄渺的神祕感，至少我覺得她盡力想營造莫測高深的感覺：「小潮，小波，現在大姊姊要照顧一個小笨蛋還不能談戀愛，等你們二十歲了，看誰的腹肌比較強，我就嫁給他。一定要二十歲以後喔，薇薇姊姊對小男生沒興趣。」

我聽見這句糟糕話趕緊拔腿衝過去，卻踢到一顆石頭不慎摔倒——誰該死的把拳頭大的石塊挖出來擺在草地上，陷阱嗎？正痛得齜牙咧嘴，又聞小蘿莉悲傷地說：「但爸爸說我可能活不了那麼久呀，我和弟弟都是。我想要娶一個像大姊姊這麼漂亮的老婆！」

「人家也想要一個帥帥又可愛的老公，但是沒有腹肌免談！腹肌是大人才可以練的！小孩子太早練肌肉會長不高喔！」許洛薇高聲大笑後，伸手去摸那束桔梗。

「我不想讓哥哥娶一個女鬼，我可以勉強犧牲，這樣我們就多一個很強的守護神了。爸爸說過：『娶某大姊坐金交椅』，哥哥常常生病沒辦法練肌肉，冥婚我來就好，反正我還不想交活的那種女朋友。」不苟言笑的小帥哥說。

「我想練！我也要有肌肉！我是男生！」小蘿莉不依抗議。

「……」我整個人都不好了！這就是堂伯的小孩？我好像聽見一群外星人在對話。

「總之，你們不會死啦！要是有其他鬼找你們麻煩，你們就打小艾姊姊的手機，我會和她趕來保護你們。蘇星潮、蘇星波已列入老公候補名單。啊，不過遇到喜歡的女生也可以去交女朋友沒關係！」許洛薇很大方地表示。

「喂！許洛薇！不要教壞我的堂弟！妳又不是兔子啃什麼嫩草！」我拖著痛腳一拐一拐走到許洛薇面前大叫。

「是小潮先跟我求婚的唷！我很有道德地拒絕了，現在是這樣，十年後嗯哼~反正我又不會老。」許洛薇用食指按著臉頰裝可愛。

「小潮，小波，我是你們的堂姊晴艾，雖然你們看得見這個紅衣大姊姊，但不能隨便和鬼說話喔！鬼常常會騙人！」

「可是薇薇姊姊好像是說真話耶！如果是騙小孩子，只要說等長大就和我們結婚就好了，但她堅持至少要有六塊腹肌。」雙胞胎中的弟弟有點苦悶地說。

「……對不起，是我沒有教好她。總之，你們不要答應那些奇怪的約定，更不要和不認識的鬼說話，我知道你們有陰陽眼，這樣做很危險。」我忍不住說教起來。「重點是，結婚只可以和真正喜歡的人一起，知道嗎？」

「感情是可以培養的。」蘇星潮老氣橫秋地說。

「孩子，你從哪個電視節目學會這個？」我無比好奇堂伯的教育方式！難道這就是水鏡八奇的領域？

「八點檔下午重播。」

我因爲想不出三觀正常、可以推薦給小孩子看的愛情類節目有點痛苦，這個年紀的小男生爲何不能只看機器人卡通就好了？

許洛薇站在一旁微笑，一副不沾鍋的模樣，我想她其實是哄這對雙胞胎成分居多，只有那句會保護他們的承諾可能爲眞，畢竟小孩子當面對她說很怕活不長了，大人怎麼可以不拿出魄力來？

「爲什麼要拿走你們爸爸送我的毛線呢？」我耐心地問。

蘇星波轉頭不敢看我，嘴裡小聲嘟囔：「哥，我就說這樣做不好。」

「因爲聽說小艾姊姊妳們今天就要走了，可是我們才剛剛認識妳而已，爸爸都不讓我們出門。」蘇星潮振振有辭。

「我不會因爲毛線被藏起來就不走呀！」我失笑。「但不是不想認識小潮小波的意思，我聽說你們的情況比較複雜，我自己也有很多麻煩，要是追著我的冤親債主欺負你們就不好了。」

我不喜歡用無意義的廢話哄小孩，於是用他們聽得懂的話直接說清楚，十歲兒童已經知道很多事了，說是小大人也不為過。

「嗯。」他不好意思地捏著浴衣袖子，應了一聲，走到大水缸後拿出手提袋交還。

「我是真的趕時間，很可惜今天不能陪你們玩，但那個紅衣大姊姊說得沒錯，你們可以打我的手機，沒事也可以聊天。」早熟又寂寞的小孩子，我懂的。

當我和薇薇走出蘇靜池的竹圍厝，這對雙胞胎踏著卵石小徑追上來，停在出口大喊：「不要把我們從老公候補名單刪掉喔——白天也可以出來的漂亮鬼姊姊！」

我差點再扭一次腳，平常早就曬暈頭的許洛薇笑得風情萬種，連連回送飛吻。所以說女人的虛榮實在深不可測。我無力地打開手提袋確認毛線真的在裡面，卻發現內容物和我最後檢查的狀態相比起碼又亂了十倍！這麼短的時間，雙胞胎到底怎麼做到？

小惡魔啊啊啊！

因果還有被亂入的危險，我又上了一課。

□

在堂伯家停留的時間比預期還久，我更是依依不捨，幸好沒耽誤太多行程，我還是載著許洛薇和小花三度前往海邊的城隍廟，正式向已是地方神明的陳鈺先生致謝，前往另一座我原本打算投宿香客大樓卻沒去成的天后宮和殺手學弟會合，順便進個香求平安符，有拜總比沒拜好。

途中手機響了，我將機車停在路邊接聽，時間還不到中午，最近幾天主將學長都晚上才查勤，但我早就告訴他今天要回家，不會再延期了。

「已經在回程了嗎？」彼方傳來主將學長低沉渾厚的聲音。

「嗯嗯，葉世蔓還特地請假一天陪我回去，雖然我覺得他是不想上課啦！我正要和他會合，然後一起去買刑玉陽拜託我帶回去的土特產。」

「我本來是希望妳留在家鄉多住幾天，晚了一步通知，算了，早點回來也好。」

「怎麼了？學長。」我罕有聽到他的語氣這樣搖擺不定，唯一的一次是……算了，莫再提。

「有件事本來想等妳回來，我們都到阿刑的店碰頭才當面說，但現在又出了新的問題，我不得不立刻先通知妳。」

想當初，主將學長找我當槍手，夥同刑玉陽去鑑定神棍時，起頭也不過一句明天有空就見個面的鋪陳便沒了。他的「前言」愈長，表示麻煩愈嚴重，以我對他的認識大概是這樣。

「從現在開始妳必須步步小心，不要落單，不准超速，特產甭買了，直接回來。」

「可是學長我查過那家烤海苔眞的很好吃而且順路，我和學弟總要停下來休息上廁所。」我就事論事，絕對不是嘴饞也想試吃一點。

「那就速戰速決。」

「學長，你直說吧，我承受得了。」我不怕壞消息，怕的是像隻無頭蒼蠅。

彼方沉默了數秒鐘，主將學長的聲音再度響起：「妳去家鄉調查的第一天，戴佳琬自殺了。我和阿刑沒能第一時間聯絡上妳，妳說當時遇到鬼打牆。戴家人找我幫忙，知道一些內情後，我們決定先不告訴妳細節繼續善後，妳回來也無濟於事。」

那個被神棍欺負、懷了孕卻精神失常的女孩，我們以爲正義終於伸張，受害者回家療傷，破碎的一切正要開始修復，一個新生命仍然等待誕生，她卻死了。

主將學長沒說戴佳婉如何自殺，但一屍兩命的惡耗已經讓我窒息。

「戴佳琬去世是我出遠門第一天的事，今天忽然通知是什麼原因？」算起來明天就是戴佳琬的頭七，所以主將學長和刑玉陽不希望我去參加她的喪禮嗎？

「阿刑兩小時前在火車站被推下樓梯。」

□

一切都亂了套，我的呼吸也是，還好主將學長馬上解釋刑玉陽性命無礙，他大概聽見我哽咽的聲音。

我再也不能忍受認識的人死掉的事了，幸好刑玉陽沒那麼脆弱，但他的意外聽起來卻是那樣古怪。

事情又得繞回我返鄉期間兩個學長與戴佳琬一家的糾葛，種種瑣碎先跳過不論，來到戴佳琬的自殺這個爆炸點——主將學長首先趕到案發現場，陪伴戴家人度過報警相驗與現場清理等衝擊過程，但因轄區不同他終究要回崗位執勤，這時候代替主將學長繼續和戴家人周旋的就是刑玉陽。

刑玉陽會留下來自然有他的考量，但他也不是全天候留在戴家，一個外人這樣做不管怎麼說都太奇怪了，還有咖啡館生意要顧，因此刑玉陽只是調整營業時間，陪二老聊到深夜或在清晨前往戴家探望後搭火車回家開店。

刑玉陽是個時時刻刻保持殘心，也就是對敵意識的人，這次他會著了道，實在是非戰之罪。

主將學長的租屋處湊巧和戴佳琬老家相同縣市，往返時間還能勉強接受；以「虛幻燈螢」為家的刑玉陽就辛苦了，蠟燭兩頭燒的結果，就算警覺性再高的人也難免精神不濟，混在通勤人潮中前往月台的刑玉陽就這樣被敵人從背後推了一把。

身邊擠滿路人，連想抓扶手都沒機會，更糟的是前方有個不到五歲的小女孩，一個大男人就這樣撲壓上去慘況可想而知，那一瞬間周圍尖叫聲此起彼落。

刑玉陽不愧是高手，他不知哪來的膽量，在徹底失去平衡的狀態下扭腰一蹬跳起，抱住小女孩再滾了兩圈，卻因雙手無法空出來保持受身，加上地形不利，又要保護懷裡的兒童，只得用非常危險的角度著地硬扛傷害，儘管沒摔斷脖子，卻付出右臂肩膀脫臼和鎖骨骨折的代價。

襲擊刑玉陽的中年上班族被熱心民眾捉住送警，卻一臉茫然不記得任何事，眾人認為他壓力過大崩潰，刑玉陽懷疑那人可能被附身，不願窮追猛打，和警察另約時間做筆錄後登上救護車就醫。

時機選得太好更顯得這場偷襲之毒辣，在冷清時段陌生人靠近前就會引起刑玉陽疑心，近距離動手更是自討苦吃，但現在他又累又煩，四周鬧哄哄，心力有限切換白眼也無濟於事。

即使刑玉陽身手了得沒受重傷，也可能因為誤傷小妹妹吃上官司，但他終究成功保護了女童，虛驚一場的家長表示不追究了。

我和許洛薇抵達老房子時，刑玉陽剛做完鎖骨手術，至少還得住院四天，我已聽主將學長說過不是致命傷，還是急得很，從老家趕回住處後打算直接衝去探病。

混蛋！那是三段黑帶的慣用手和骨頭啊！萬一妨礙到刑玉陽將來練武怎麼辦？一想就揪心，我還沒看過他和主將學長對決。

「我回到家了，馬上就買車票去你們那邊，有什麼需要我帶過去？」我把手機夾在肩膀和耳朵間，使勁把背包裡的髒衣服拉出來，換塞新的乾淨衣物進去。

「妳來湊什麼熱鬧！」刑玉陽接過主將學長的手機沒好氣道。

「你這次出事太詭異了，我也有很多話想當面說，另外總得有人替你帶換洗衣物過去。」

我和刑玉陽兩個陰陽眼之間狼狽為奸，瞞了他老朋友一點小祕密，主將學長與他雖然麻吉，但牽涉到靈異之事代溝反而不小。

「備用鑰匙藏在門口右邊數過來第四顆石頭下，妳爬過庭院大門自己找。衣服隨便拿，好穿脫就行。醫院環境不太乾淨，還是帶幾樣東西防身好了，我放在窗邊裝鹽的玻璃瓶還有……」刑玉陽也很乾脆地報出需求清單。

領到蒐集道具任務後，我按照白目學長的指示順利侵入主人不在的「虛幻燈螢」。

幫帥哥學長挑內褲什麼的好害羞——你以為我會這樣想就錯了，反正公事公辦，不過就是一堆布，只是我發現刑玉陽的衣服真的都是素面寬鬆棉質或排汗衣居多，隨性又自然的風格。

我懷疑刑玉陽的穿衣風格另一個原因是為了隨時都能放開手腳打架。

他的道服和黑色戰裙就掛在牆壁上，我難免瞻仰一番，偷摸破舊的領口，道服已經洗得非常柔軟，第一次看到灰色的黑帶，果然是千錘百鍊。

我迅速挑好換洗衣物，又在屋內不起眼處找到刑玉陽吩咐的辟邪物，除了鹽我有概念，其他綁起來的盒子和石頭不知作用如何，我敬畏又羨慕地將這些防身用品放入背包，隨即帶著小花與許洛薇上火車，此時已經深夜了。

深夜對許洛薇是舒適方便的出遊時間，是以我沒有聽到刑玉陽傷勢不重就把行程挪到白天，趁著旅行的興奮還沒褪去，一股作氣前進反而能保持集中力。

出車站後，雖然很想直奔醫院，主將學長卻先把我接到他的租屋處，讓我稍事休整，將小花寄放在他那兒，畢竟醫院不能讓寵物進入。我的目的是將許洛薇帶去當雷達兼飛彈，她可以換附在其他物品上，如此一來擁有自由意志的小花就得有個地方安置才行，好在不知許洛薇存在的主將學長明白小花和我無法分開，主動提出這個好辦法。

主將學長的房間擺設在互相視訊時我基本上已經很熟了，他獨自住小套房，我打定主意要當刑玉陽住院這四天的看護，主將學長卻說必須分擔，才不會讓我壓力太大。刑玉陽則認為他不需要看護，一個人住院也沒差，在二比一的民主投票下抗議失敗。

結論是輪到主將學長照顧刑玉陽時，我就換騎學長的機車到他住處休息喘口氣，順便處理小花的事情，電腦也可以用，要做什麼都好。

這種安排彈性許多，也毫無曖昧之處，我還是負擔了比較多的照顧時數。我看著掌心的備用鑰匙，這把鑰匙原本應該是女朋友的專利，如今落到我手上，眞替主將學長感到悲傷。

半天之內攻略兩位學長的房間，有種想把手伸出來接迷宮獎勵的衝動，要是眞能掉點寶給我就好了，例如刑玉陽的淨鹽不知能否分我一半呢？還是不要問比較好，直覺會被罵不懂還肖想亂用。

從刑玉陽被推下樓梯的那刻起，恐怕只有我和刑玉陽明確意識到敵人可能是非人類的實質危險程度，儘管可以將情況分析給主將學長聽，但這好比要一個戰無不勝的柔道黑帶高手、身高破一八〇的壯漢明白什麼叫性騷擾一樣不著調，更別提主將學長還是顆鐵鑄的麻瓜了。

比如必須隱瞞許洛薇的存在時，很多戰術我就不能當著主將學長的面說出來，刑玉陽也是立刻反應到當面對話的必要性，才乾脆不攔阻我了。

穿過黑暗的院區，深夜醫院全然沒有白天人聲鼎沸的明亮，且因入口大多關閉，只能從急診部大門出入，繞路之餘通過更多這種有人醒著卻很安靜的奇妙空間，若是我一個人還真會有點怕，幸好由主將學長帶路，心情上和逛公園差不多。

許洛薇乾脆到處閒逛探險，醫院對她來說似乎成了有趣的地方。住院大樓接下來是她的駐守區，她去了解環境反而有好處，誰也不知道偷襲刑玉陽的非人會不會追到醫院繼續動手？

直到看見半坐在病床上的刑玉陽，我心中大石才放了下來。

「你怎麼不睡覺？」我瞧瞧，快要凌晨四點。

「鎭邦在的時候睡飽了，傷口還不太舒服。」穿著病服的刑玉陽慵慵地靠著枕頭，半長髮解開來披在肩膀上，右臂以吊帶固定，黑眼因友人在場顯得溫馴，給人一種脆弱夢幻的錯覺。

當然是錯覺，他那比平常還剛硬的口氣彷彿在說「老子隨時可以打得歹徒滿地找牙。」

我立刻意識自己丟了個無腦的問題，主將學長不得不暫離去接我，刑玉陽怎麼可能毫無防備呼呼大睡，總覺得就算我在旁邊留守，他也不會放鬆睡著，主將學長對刑玉陽來說果然很特別。

「呃……」面對刑玉陽，我又說不出話了。

在火車上一路胡思亂想，一刻也坐不住，就是怕冤親債主去招惹看得見的刑玉陽。

「別又學蟲叫了。」他有點不耐煩。

「是我的冤親債主去害你的嗎？」

刑玉陽瞪大眼睛，主將學長則抿起嘴角，抱胸坐在角落的椅子上。

「妳怎會想到那裡去？」

「我這次回去知道蘇家祖先的過去，蘇福全是有反社會人格的瘋子，他覺得全世界都對不起自己，還有他是唯一一個我知道『會殺人』的鬼。而你是我身邊看得到鬼的人，你說過有陰陽眼容易被鬼騷擾。」

「我得罪的是老符仔仙吧？」刑玉陽沒好氣地說。

「就因爲我們交過手才知道，不管是因爲不敢還是沒好處，老符仔仙反而不像會殺人的類型。還有我媽不是蘇家後代也一起死了啊！」我說到最後一句情緒有些酸苦。

他停了停才回答我：「蘇小艾，鬼的三觀和活人不一樣，甚至和活著時也不一樣。簡單地說，學習功能減弱，就像一套劇本，劇本上沒寫的東西甚至無法意識。所以正常狀態活人和鬼無法溝通，也可以說，鬼要看見一個人起碼得要有緣，沒有特殊緣分的眾生彼此幾乎可說是不存在一般。」

「起殺心也是一種意識？」主將學長問。

「然也。像我們不會把老弱婦孺或電線桿設定爲戰鬥對手。所以厲鬼才會被獨立出來，那不是品性好壞的問題，而是本質不一樣，太過病態了。研究這方面的朋友給我的啓蒙觀念就是不要想著感化厲鬼。但厲鬼這種強烈願力反而會導致能意識到的目標很少。其實我也被厲鬼『視而不見』過。不過要做些什麼結下孽緣太容易了，沒事的話最好別有任何動作。」

他補上一句，「除非是我不清楚的因果，不然妳的冤親債主不太可能攻擊不相干的對象，至於夫妻這種一損俱損的親密關係，即使不是冤親債主，捲入其他麻煩被牽連也很常見。」

「那是你的老仇家囉？」我順口推測。

刑玉陽白我一眼。「我原則上盡量避免結仇，否則太過防不勝防。」

刑玉陽的戒慎小心離被害妄想就差一步了，他的防禦雖然很周全，但本人還是希望過普通日子，我也一樣。

「你有看見偷襲者的眞面目嗎？」

「我後腦沒長眼睛。」

「談談戴佳琬的事情好嗎？太突然了，我不敢相信是眞的。」我對兩位學長說。

鄰床病人正熟睡，我們的對話聲壓得很低，氣氛壓抑中又帶著些許詭譎。

「她的死法相當……奇特。」

主將學長閉了閉眼，彷彿要眨掉烙印在視網膜上的血腥殘像。

□

戴佳琬趁半夜二老熟睡時，利用客廳吊扇上吊。最駭人的是，她渾身赤裸，面朝大門，頸側傷口噴湧出大量鮮血，染紅半邊肩膀，在雪白身軀上畫出蜿蜒紋路，最後滴落地板上積成一灘血池。

地板上躺著一把水果刀，與被踢倒的塑膠圓椅，即使主將學長並非法醫，也能直觀地明白戴佳琬將脖子伸進繩圈內，先以刀刃刺破頸動脈再踢掉椅子，死意堅決。

「不管哪種方法都必死無疑，她爲何要重複殺死自己？難道她眞的瘋了？」我也險些被冤親債主控制跳樓，立刻湧出同仇敵愾的怒氣。

「我認爲她上吊時意識非常清醒，選擇的手段具有某種傳達目的，阿刑或許想確認戴佳琬的眞正死因，才盡量擠出時間待在戴家。」主將學長這樣說道。

刑玉陽輕哼一聲。

「根據是？」

「她的臥室環境相當惡劣，讓人待不下去。」主將學長並非指戴佳琬的臥室很簡陋，一個人的生活痕跡在死後反而特別明顯，扭曲、憤怒、詛咒、絕望，主將學長只讓我看了一張手機照片，我就明白他的意思了。

床底下發現大量被扯斷的頭髮，摳出一道道痕跡的內側床板邊緣，抓痕裡還插著一小片斷裂帶血的指甲。據主將學長說這類憤恨跡象還有很多，只是他沒照下來，比如戴佳琬幾乎把自己的拳背都咬爛了。

主將學長在派出所長官默許下一路陪伴戴家人，直到屍體被移走、採證完畢清理現場為止，整整兩天沒闔眼。

「目睹她的遺體時，我瞬間印象是『我恨你們！』以及『我想從這裡出去！』。妳絕對不會將她的自殺動機朝一般方向猜測。」

「遺體一絲不掛狼狽地留給外人觀看太古怪了。」這是我立刻懷疑被附身的可能性。女生耶！就算自殺也不可能自己脫光吧？

「妳提到的部分正是除了雙殺手法以外最異常的一點。通常自殺者反而更在乎尊嚴，赤裸無疑是一種羞辱，除非妳深入研究過戴佳琬回家後的遭遇，以及她從遭難到自殺之間的心境變化。」主將學長嚴肅地說。

「什麼樣的心境這麼恐怖？」我問。

「她是透過羞辱自己來羞辱眞正的目標。這是戴佳琬既沒瘋也沒被附身的情境證據，她的控訴其實很明顯。」

主將學長看向刑玉陽，後者長長地吐了口氣。

「我之前終於找到之前送給戴佳琬的東西，她居然給我藏在棉條包裝盒裡。」刑玉陽拿出放在枕頭下的錄音筆，看來他在等主將學長帶我來的空檔，就是聽這個打發時間。

開封過的衛生棉條就算是遺物也不會有人想仔細檢查，眞好奇身爲男生的刑玉陽怎麼發現這種藏物位置的。算了，反正他是天才。

「這是戴佳琬的遺書？」我接過錄音筆問。

「可以說是，也可以說不是。」他打了個啞謎。

「啥啦？」我抖了抖嘴角。

「阿刑的意思是，雖然戴佳琬沒留下遺書，錄音筆裡的記錄某種程度上卻能解釋她尋死的原因。」主將學長插嘴。

「你們都聽過了？」

「阿刑聽完了，挑重點轉給我聽。」主將學長拿出手機接上耳機，對我勾勾手指。

當然不能在夜深的公共病房直接播放錄音檔，我也想馬上知道重點，於是戴上耳機。

瞄了一下檔案夾裡的錄音檔，首先是編號1，接著卻從十位數開始往上亂跳，我猜檔名是排序的意思，於是點開了原本存在錄音筆裡的第一則留言。

「我是戴佳琬，我聽得到一些聲音，我是不是瘋了？刑學長給我這支錄音筆，要我懷疑分不清現實時就錄音，這些記錄是我一個人的祕密，不用給醫生或任何人看。」

「我是戴佳琬，刑學長說重複自己的名字很重要，我沒錄到鬼的聲音，我不能確定它們到底存不存在，但我還是我自己，我沒有被附身，我是戴佳琬。」

中間跳過一大段編號，我問刑玉陽，他說戴佳琬一開始並沒有把錄音筆當日記的打算，可能是怕錄有心聲的機器被人偷走或強行沒收，所以大多只是錄到背景聲音，頂多是要鬼怪滾開的低叫。換句話說，還知道按下錄音鍵時的戴佳琬尚存有警覺能力，因此也不會錄進她失控時的幻覺對話。

錄音筆的記錄開始具有日記性質，則是在她重回戴家之後。

「媽媽把我所有東西都拿走檢查，我只來得及藏起錄音筆，她把我的舊衣服拿去燒掉，買給我的新衣服都好醜，她不准我踏出房門一步。『不要再給學校的人添麻煩！見笑。』爸媽這樣說。我知道是自己不對，我不好，我笨到被騙……」

「那個查埔怎樣碰妳的？妳要生歹人的囝仔？肖欸！頭殼爬袋！給恁爸打掉！」中年男人

的怒吼聲。

「阿選，她學長說不要罵，肚子太大不能打掉了。」戴太太勸阻道。

「我生的查某子做出這款捨世捨眾的事，沒罵伊甘欸清醒？到頭來還不是阮兩個給她擦屁股？」

「好啦好啦！佳琬，妳先不對，給阿爸道歉，我們會照顧妳。妳要乖，阿爸才不會再把妳趕出去，我們可以原諒妳，但那個嬰兒不能留，生下來就送給別人養，知道嗎？當作沒發生過，以後還要嫁人。那兩個學長知道妳發生過的醜事，這陣子加減應付一下，我看之後不要再和他們見面比較好，都是男人，這麼熱心也有問題。」

我聽到這裡差點捏爆學長的手機。搞什麼鬼？戴家父母一副接納女兒的模樣，難道都是演的嗎？

「混蛋！戴佳琬明明禁不起刺激，如果她表現得愈懂事懺悔──愈『正常』──肯定有問題啊！她明明已經是精神生病的人。」我努力壓低聲音，緊緊抓著床單憤怒地說。

我幾乎可以想像出戴家父母裝親切明理應付完主將學長後，將被年輕警察「指教」的怒火發洩在狼狽的女兒身上。戴佳琬最後的救命稻草已被抽走了，辱罵與禁足成為新的鐵籠，回憶中的屈辱加倍襲來，像污泥般不斷淋下來的絕望。

一段段留言交錯響起，女孩的聲音愈發嘶啞不穩。

「我是戴佳琬，我沒有瘋，我只是累壞了，我壞掉了，呵呵……壞掉的媽咪沒辦法把寶寶生下來了。如果世界上有鬼，文甫，我只想問你一件事，你在哪裡？你會討厭我嗎？也許刑學長說得對，人死緣盡，你早就走了，你聽不到我的聲音，也不會回到我肚子裡了對不對？那我還有必要帶著這團噁心的爛肉活下去嗎？」

我有點難以忍受，直接跳到最後一號留言，通常來說應該是關鍵訊息。

「我是戴佳琬，我還有許多想做的事，我不會放棄。」

那句話的陰森語氣令我毛骨悚然，字面看起來頗為正向，聽在我們耳中卻有了另一種可能。

陰魂不散！

「她怕我，卻很依賴阿刑。我聽到戴佳琬求阿刑帶她走，她寧願回精神病院，阿刑說他沒辦法。事已至此。我的社會經驗還是不夠，當時應該多觀察她的反應而不是一味和她父母懇談。雖然當時他們一直說戴佳琬害怕男人也不想見我，但從錄音內容判斷，他們的話顯然不可信。」主將學長發現他一時半刻嘆的氣夠多了，於是抿緊嘴巴，留下一段難堪的沉默。

我極度厭惡新聞媒體隨便把某人自殺理由歸結於感情不順，就像當年媒體對許洛薇跳樓的草率評語。畢竟一個經常賣弄風情、男友不斷的有錢美女，除了感情糾紛還會有哪些自殺理由？我呸。

至少在這次事件中，戴佳琬若是會爲愛情和家庭壓力想不開早就做了。和她相處過的我其實發現她頑強的一面。主將學長也說了，即使錄音內容能夠解釋戴佳琬的自殺之舉，卻還不能武斷地下結論。

爲了找出最接近的自殺原因，我仔細聽完三分之一留言後不得不喘口氣，雖然學長們已經把錄音筆裡的留言篩選過，內容還是大同小異；戴佳琬精神破碎的妄語，以及她偷錄父母充滿壓迫的控制譴責，最讓人不安的是，她對胎兒的疑惑和挫折與日俱增，簡直像產後憂鬱症被移到了產前發作。

我們都知道，產後憂鬱症經常是致命的。

主將學長得回派出所上班了，我送他到停車場。

他在一處無人轉角拉住我，主將學長難道有話要私下對我說？

「我想讓阿刑好好休息，他剛做完手術，妳也很累了，多言無益。等他醒來妳再告訴他吧！去接妳時，同期受訓的朋友傳了個內部情報給我，屏東山上發現一具無名男屍，勘驗後證實是鄧榮，已經死了四天，死因是拿摔破的酒瓶不斷刺自己的臉部、肚子和下體。死狀血肉模糊非常可怕，體內驗出毒品成分，可能是吸毒過度神智不清自殘。另一件事是神棍事件的主犯吳耀銓昨天早上在看守所自殺。」

我一臉震驚、頭皮發毛，每根頭髮好像都通了電，身體實在太疲累了，捉不住瞬間飛過腦海的許多思緒碎片，那兩個壞蛋死了？

主將學長續道：「這兩件死亡案例目前還沒上新聞，別的不說，自殺事件怕引發模仿現象一定得管制。同一起神棍詐欺騙色案的主角死了三個也夠邪門了。我怕接下來你們又要說其中有鬼怪作祟。」

主將學長不是負責承辦該案的員警，拿到消息時事情已經發生了一段時間。我幾乎立刻脫口而出：「眞的有鬼啊！」

「我想阿刑其實知道推他下樓梯的凶手是誰，至少也有懷疑對象，但他不會告訴我，妳去幫我套套他的話。」主將學長拍了拍我的頭。

「學長，他套我話還差不多，我玩不過他啊！」我哭喪著臉。

「對自己有點信心，小艾。」

「學長你哪來的把握？」

「因爲這次他是局中人。」主將學長的嗓音帶著些許不祥的意味。

「我也需要睡一覺了，腦袋糊糊的。」我指著自己的腦門。

「我不像你們有些奇怪能力，無形敵人若是借活人的手來攻擊，揍一頓控制行動便是。但如果眞的防不了，我希望你們能盡全力用那種非科學的辦法保護自己。」主將學長這樣說。

「對不起，給學長添了很多麻煩。」

「說這啥話？是我先麻煩妳。再說，妳也沒麻煩我什麼，事情都是阿刑招惹的。」

這算好友之間的吐槽？主將學長原來也是會吐槽的男生。

再一次，我從直覺而不是邏輯發現主將學長這次特別著重刑玉陽的部分。過往主將學長的表達方式太過乾淨俐落，從不說多餘廢話，只要有哪裡不清不楚或反覆呈現總是特別突兀，這大概是我單方面觀察出的規律吧！

難道他認爲戴佳琬的死因和刑玉陽有關？這會不會太天馬行空了？等等，會想到這點的我腦袋也夠亂了。

「學長，你有特別懷疑卻沒有頭緒的部分嗎？我可以一起幫忙想想。」話是這麼說，我不覺得主將學長會將臆測和他人分享，尤其事關一個不幸女子的人生。他對異性的細膩尊重和保護作風也是柔道社男女都很團結的原因之一，有個很罩又不會嗆聲歧視的老大，不管當小弟或小妹都甘之如飴。

「妳把戴佳琬的留言好好聽完，按照順序，然後稍微留意倒數第五則留言。不過，等先睡飽再說，妳要是不好好休息，我就叫阿刑沒收錄音筆。」

「會啦一定好好休息。」

主將學長難得願意給我提示，我高興地和他說了再見，琢磨著先把留言聽完再和許洛薇討論。

Chapter 10 / 逐步接近

結果我在陪病床上裹著毛毯睡得一塌糊塗，讓受傷的刑玉陽充當我的看護。好啦！這話有點誇張，我並沒有眞的睡死，只是間歇性熟睡。我大概睡不到一個小時就爬起來問刑玉陽需不需要幫忙，他總是答不用。我還是去附近幫自己和刑玉陽買食物飲料，我倆在病房裡也無事可做，我半睡半醒躺著，他閉目養神，總算也是有休息了。

平安地度過了一個白天。

主將學長下班過來，第一件事就是把刑玉陽抓去洗澡，我則幫忙整理環境，再回主將學長的住處補個眠，接著徹底研究錄音筆和推理凶手的功課正等著我。

「學長你這樣不會太累嗎？」我很擔心，主將學長之前就已經爲戴佳琬的事忙得焦頭爛額。

「放心，我體力夠，而且之前幫同事代班，我也要他代回來。」該討的主將學長從不客氣。

都忘了主將學長的體力是怪物級別，不過我還是盡力將有些弄亂的置物櫃恢復整齊，再摺好毛毯，換主將學長來休息時可以舒服些。

「嘖嘖嘖，兩個大男人擠在浴室裡幫對方抹肥皂神馬的好害羞！」許洛薇把握良機現身，站在病床上握拳扭腰跳熱舞，擺明趁刑玉陽行動不便落井下石。

「算了吧！套句我學姊的話，妳沒有『腐』的天分，兩個帥哥一起洗澡，等妳能忍住不衝過去搶肥皂替腹肌抹泡泡再說吧！基情對妳來說有意義嗎？」我無情地戳破眞相。

許洛薇悲憤地敲枕頭。「可惡！爲何妳這麼了解我！」

「哈！」我抬頭留意學長們那邊，浴室開始傳出水聲。「主將學長頂多只是幫刑玉陽穿脫衣服洗個頭、小心別讓傷口碰到水，刑玉陽還有一隻手可以自己洗好不好？」

我剛學柔道時曾因用蠻力摔人傷過肩膀，深知手臂舉不起來的痛苦，穿脫上衣簡直就是地獄，那陣子也是許洛薇幫我洗澡。她居然想拿海綿搓我身體，我連說不用，她還堅持至少要洗頭，開心地弄得我一頭泡沫。

記憶裡，我裹著浴巾聽許洛薇說她從小就想和妹妹這樣洗澡，可惜爸媽只生了她一個。同是獨生女，我大概能理解這種心情，當時還很好奇交遊廣闊的系上紅人難道沒有一個可以共浴的閨密？女生一起泡溫泉很正常，換成男生就要被指指點點，這也算是一種性別歧視。

不得不提她洗頭技術實在很差，洗髮精一直辣到我的眼睛，但父母雙亡的我還是感動得偷偷掉了兩滴眼淚。

「巴絲克琳，妳最近一天到晚不是主將學長就是刑玉陽，眼裡還有我的存在嗎？」穿著艷紅小洋裝的女鬼忽然站直身子，挺胸露出詭異的笑容。

我有不好的預感。「妳想幹什麼？」

「妳老是嘮叨要我去練好飛簷走壁、穿牆那些阿飄基本技術，我給妳看看訓練成果啊！噗呼呼！」

「等等，妳該不會……」

「我要去嘲笑刑玉陽的排骨洗衣板！」許洛薇興致勃勃跳下床，婀娜多姿走向浴室。

我只抓到一把空氣，這個時候就很痛恨她是隻沒有實體的色鬼，說溜就溜。

「許洛薇，我警告妳快住手！刑玉陽有白眼他看得見！靠！妳不要臉我還要！」我不敢叫喊，只能小聲怒罵。

「安啦！他又不是二十四小時開白眼，平常也看不到啦！而且腹肌黑帶怕弄濕衣服，說不定也會跟著脫——」這才是玫瑰公主的真正目的。

許洛薇宛若水鳥掠食小魚一樣將頭伸入浴室，我正要不顧三七二十一衝過去力挽狂瀾，許洛薇忽然被熱水燙到似地縮回來，一溜煙鑽進病床底下。

「……」她到底看到什麼禁忌畫面？

「腹腹腹肌肌肌肌……他他他……他……腹……」許洛薇嚇得語無倫次了，看來情況很嚴重。

我不得不去敲浴室門。「學長，你們還好嗎？」

「ＯＫ！我在幫阿刑洗頭髮，他頭髮有點長不太好弄。」

原來在洗頭髮，那應該還沒脫光。

「蘇小艾妳還沒走嗎？」浴室裡接著傳出刑玉陽不爽的聲音。

就算他剛剛沒開白眼，現在也一定開了，這傢伙疑心病重得要命。

「就快了，我收個東西～」我揚聲敷衍，冒了一身冷汗，立刻抽了主將學長的機車鑰匙，拖著許洛薇離開醫院。

先前曾提出讓許洛薇在醫院留守的建議，卻遭刑玉陽一秒否決。仔細想想，有主將學長在的確就沒我們的事了，何況許洛薇和刑玉陽一直合不來。

「他有腹肌……怎麼可能……明明是隻瘦皮猴……那個腰不知道有沒有二十六吋？」許洛薇坐上機車後座，仍不斷胡言亂語。

「所以我叫妳不要亂看嘛！」雖然刑玉陽有沒有腹肌不關我的事，但可以和主將學長對打的合氣道高手身材會差到哪裡去？足足離了兩個量級耶！

「不管啦！好討厭！他怎麼可以有腹肌！」許洛薇在後座撒潑捶我肩膀。

「就是因爲瘦才有腹肌，他體脂那麼低又練武多年，不用特地健身肌肉也有形狀了。」我說。「反正妳要萌腹肌就低調地萌，不要讓本人知道就好，這樣扭扭捏捏搞得我也很煩。」

許洛薇一愣，豁然開朗，隨即扼腕。

「哎呀！我剛剛來不及數是六塊還是八塊！」

「妳要是再去偷窺刑玉陽，我就把這件事和溫千歲說！叫他賜些符讓妳清心寡慾！」我瞪著後照鏡先，下手爲強威脅。

「不看就不看！不許多嘴和那個混蛋神明打小報告！」許洛薇炸毛了。

「快把妳的大腦拿出來，現在沒空讓妳回味腹肌了，我得把這些死人問題理清楚，主將學長還要我找刑玉陽套話，但我根本不知怎麼開口好嗎？」在病房時我終究還是沒特別問起刑玉陽和戴佳琬之間的相處情況。

如同主將學長所說的，入了局，刑玉陽因此受傷，而我還沒準備好。

在租屋處餵過小花，我窩在床上再次仔細聆聽錄音筆裡的完整內容，許洛薇躺在我旁邊，這次沒說些腹肌黑帶的床好軟之類廢話。

我們都知道這次事情嚴重了。

過了許久，總算聽到主將學長提示的倒數第五則留言。當時刑玉陽以及戴家父母坐在客廳閒聊，戴佳琬也在場。他帶了烤餅乾和手沖壺，邊沖咖啡邊緩和氣氛，話題很自然地落到刑玉陽經營的咖啡館上面。

「年紀輕輕就開店真不簡單，店租一定不便宜吧？」戴先生對創業相當有興趣。

「房子和地是家父的遺產，不需租金，省了不少成本。」刑玉陽客氣地解釋。

他們又聊了「虛幻燈螢」的建築格局，戴家父母一聽說他的店不是轉角畸零地也非街邊小店，而是有著前庭後院的獨棟小別墅改建，更接近鄉間簡餐廳和民宿規格，語調比起之前的會面錄音親切許多。

只可惜戴佳琬的雙親不知道刑玉陽扛著七位數貸款，迄今沒預算多雇一個員工，只能老闆兼廚師兼服務生。

刑玉陽離開後，戴家父母一反常態沒馬上將戴佳琬趕回房裡，詢問了不少刑玉陽在大學裡的表現。他功課雖然不算拔尖，苦幹實幹這點卻是名聲響亮，戴佳琬吃了男人的虧走投無路卻願意找他幫忙，可見刑玉陽對系上同學而言多麼可靠了。

會賺錢又不張揚的男人，沒有家長不愛的，加上戴佳琬多次聲淚俱下強調她和直屬學長之間沒有曖昧，戴家父母於是對刑玉陽改觀了；更何況，他還有處屬於自己的房產，對他們家被人糟蹋的女兒不尋常地好。

「我看這個緣投後生卡閉俗，伊哪係呷意妳，妳麥擱假鬼假怪。」戴先生嫌惡地說。

「佳琬，妳要是不好意思主動說，媽媽可以幫你們安排。」戴太太聲音聽起來很殷勤。既然木已成舟，他們動起將戴佳琬母子徹底丟包給刑玉陽的歪念頭！我氣得沒邊。

戴佳琬激動地摔瓷杯哭喊抗議。「沒有沒有沒有沒有——你們不要亂說，不要把我學長拖下水！」

接著是一長串戴父怒罵她不知好歹的噪音，戴佳琬似是想起錄音筆還在運作，伸手關閉電源，顯然不想錄下這段話。

就是這段錄音引起主將學長注意，戴家父母轉彎了，希望拉攏刑玉陽，撮合他和戴佳琬，戴佳琬覺得此舉過於無恥，激烈反對。

「如果她麻木擺爛就算了，反應這麼大，應該是對刑玉陽有意思。」許洛薇是曖昧好手，戴佳琬的動搖瞞不過她。

「可是她不是很愛男友，那個叫文甫的，甚至把肚子裡的胎兒當成他，堅持要生下來。」我想不通。

「當然，我又沒說她變心。只是男友已經死掉了，這些日子刑玉陽接納鼓勵她，還抓住強暴犯爲她出氣，沒好感才奇怪吧？按照常理來說，就算單身，沒有特殊理由她反而不敢在學校和刑玉陽這種人搭話，更不敢肖想交往。白馬王子都是公共資源。」許洛薇這時候就很能客觀分析，她對校園裡的男女關係、八卦曖昧和社交位階非常敏感，自己就是眾星簇擁的公主。

許洛薇推理出戴佳琬近君情怯又自慚形穢的糾結讓我很驚訝。我完全沒想到這方面的可能，許洛薇鄙夷地看著我說：「我早就知道妳戀愛神經被蟲吃了，她是有感覺但硬逼自己不要痴心妄想，超明顯好咩？」

如果說自殺理由是感情不順，對象卻是刑玉陽，這個原因我就眞的意外了。

「既然這樣幹嘛去死？活著才能爭取不是嗎？」

「妳阿呆喔？先不管倒追刑玉陽能不能成功、她敢不敢追，戴佳琬自己也知道她的情況很糟，最不堪的一面都被直屬學長看光了，就算刑玉陽主動告白，她也沒臉答應。這麼簡單的心理都不懂，妳到底是不是女生啊！」

「我的染色體是XX。」反正正經戀愛話題再會嘴，都改變不了許洛薇是腹肌變態的事實。

我慢了半拍才想起，現實存在著許多羞憤自盡的例子，不只女生被性侵，受到霸凌也是。日子混不下去選擇放棄可以理解，但太委屈就去死這我沒辦法想像，換我一定會趁活著的時候有仇報仇。

我停了一下，提出不同看法：「戴佳琬會放血上吊，很明顯是打算復仇吧？」

種種跡象都讓我覺得只有這個可能，再說苦大仇深現實卻無能爲力，變成厲鬼親自動手不是很自然的想法嗎？但我現在最想知道的不是戴佳琬的「死後目標」，用鞋子想也知道她一定會復仇，問題是在何時、對誰復仇？

我是外人，看不到現場照片，只能靠主將學長的描述想像，聽他形容時，一股寒氣卻從我的腳底森森竄起。

腦中彷彿躍出一幅畫面，戴佳琬雪白的身子懸在半空中，血跡像紅色絲綢披在身上，她不需要穿紅衣上吊，鮮血就是她的控訴。

噴濺、瀰漫的怨恨。

「看成復仇的話一切都很合理，鄧榮和吳耀銓是她殺的，但刑玉陽怎會也被攻擊？要是普通人搞不好早就摔斷脖子了。說句比較不中聽的話，照順序戴佳琬也該是對她的父母先動手。」我抽出墊在枕頭上的薄被，攤開來蓋住肚子，抵擋不斷聽著可怕留言泛起的寒意。

不只有一隻鬼，也不只一個受害者，但刑玉陽是我的朋友，我當然要優先找出他被鬼偷襲的原因，至少他很明確地告訴我，有隻鬼附身在路人身上推他下樓梯。

他否認是老仇家，大概眞如主將學長的懷疑，他對凶手身分有幾分估摸，那麼只剩下最近結仇的可能。

「妳沒聽過由愛生恨嗎？」許洛薇道。「戴佳琬把刑玉陽看成救星，到頭來，刑玉陽卻把她丟回家裡的煉獄，然後說：『很抱歉沒我的事了。』她說不定覺得被背叛了。」

「這太扯了吧？」我不相信。

「很多媽媽也把老公出軌或被婆婆虐待的怒氣發洩在女兒身上，畢竟親近的對象不管是遷怒還是拖下水都很方便。關鍵是，戴佳琬死前的那幾個月，刑玉陽是和她距離最近的人。人一旦太親密，就常常會生出一些不好的東西，像是佔有慾啦、相處的義務之類。」許洛薇相當不以爲然地搖頭。「戴佳琬搞不好把她爸媽怎麼對待她的方式複製到刑玉陽身上。而且她因爲精神失常和懷孕壓力已經很偏執了。『是你欠我的，所以我要處罰你。』」

「薇薇，妳居然能說出這麼有深度的話。」我覺得好神奇。

「去妳的，這些事情我都有在思考好不好？而且妳要是認識的人多一點就知道，這種情況沒啥稀奇啦！」許洛薇翻了翻白眼。

屋外下起大雨，淹沒窗外街道下方模糊的人車聲音。我彷彿在海面漂流許久，終於帶著寵物被沖上岸，主將學長的房間就像一座我曾看過照片的孤島，有點緊張，卻又感到無比安全。

「可是……戴佳琬最後那段日子的留言，聽起來不像怨恨刑玉陽呀！反而很維護他的名譽，更接近是崇拜他。不過戴佳琬倒是可能眞的化身厲鬼，殺了那兩個淫棍。」我依著目前聽完留言的直觀感想說。

「別忘了約翰藍儂就是被歌迷暗殺。」許洛薇閒閒地提醒。

「所以妳認爲推刑玉陽下樓梯的鬼是戴佳琬？」

許洛薇點頭，拿出她看了一堆刑事犯罪影集的冷知識和推理熱情道：「就算假設戴佳琬對那白目男有愛，妳有聽過一個故事嗎？」

一對姊妹的母親死了，葬禮上出現一個神祕男子，一個月後妹妹就殺死了姊姊，爲什麼？

「ＦＢＩ面試的心理測驗，因爲妹妹認爲再辦一次葬禮就可以看到那個男人。」這道題許洛薇以前就玩過，記得我當時不假思索答對了，沒有偷看謎底。

許洛薇還斜眼說我有變態殺手的資質，幸好總共十題裡我只答對一題。我認爲只是電波剛好接上而已，現實不合理的地方太多了，推理本來就只能參考用。

「戴佳琬不是變態殺手。」我不喜歡她的比喻。

「這可難說，頭七還沒結束她就殺了兩個人，然後差點幹掉刑玉陽。」許洛薇說。

我這時忽然意識到，許洛薇在神棍這件事上從頭到尾都異常冷靜，除了我受傷害的部分令她暴怒，她對戴佳琬也沒有出現同情憐憫或同仇敵愾的反應，對她來說，逮住神棍只是和我一起行動的重要任務。

或許這就是死亡改變一個人的地方，但她對小動物和腹肌的愛毫無消退，這讓我又不明白了，隱隱感到許洛薇身上失衡的地方不止一處，保住她還剩下的特質至關重要。

我拿出紙筆歸納重點，並對著許洛薇大聲唸出來。

「戴佳琬的自殺動機：一，由愛生恨，襲擊刑玉陽，兼復仇；二，扭曲的崇拜，想獨佔刑玉陽，兼復仇。」

「爲啥復仇要兼兩次？」許洛薇不太喜歡我幫她整理的論點，聽起來不夠正經。

「不管是好的或壞的影響，刑玉陽好像眞的成了戴佳琬思想指標和行爲動力。」就像主將學長之於我一樣。

「如果戴佳琬是那種會爲了復仇不顧一切的人，她還活著的時候就會拿刀去閹掉神棍和強姦犯啦！起碼先試過不成再死比較划算。而且專心復仇時關刑玉陽屁事？但她殺完兩個主要仇家接著就輪到刑玉陽倒楣，顯然他是這些死亡事件的催化劑。」許洛薇覺得我追加的補充還可以。

一個可以被她擅自幻想仿效的美好偶像，於是戴佳琬變得「勇敢」，敢進行一些過去光想就可怕的行動，掙脫絕望的牢籠，公然反抗父母，放棄肚子裡的噁心胎兒，血腥快意地復仇。換言之，她一樣不容許偶像不符合她的想像，救世主怎麼可以是個拍拍屁股一走了之的孬種？

「性侵受害者通常不敢報復，或直到忍無可忍才求助。現實中很少聽到會眞的殺了強暴犯的受害者，反而自殺或受影響也去強暴別人的例子更多。厲鬼戴佳琬殺掉吳耀銓和鄧榮雖然說得通，但刑玉陽還說過有種可能性是最大的。」

許洛薇瞪大眼睛，預備跳上擂台。「什麼？」

我和刑玉陽討論到那兩個神棍之死的環節時，許洛薇不知正在醫院哪裡閒逛，沒聽到他提出的驚人論點。

「神棍們的死其實和靈異現象無關，鄧榮吸食毒品過量出現幻覺虐死自己，吳耀銓則是畏罪自殺。也有這種可能性，而且不是第一次發生這類社會新聞。推他的路人搞不好心理有病隨機攻擊，只是身上剛好附著別的冤親債主，讓刑玉陽誤會了。」最後一點刑玉陽不承認，但他的白眼老實說解析度有夠悲慘，就算誤認貼得比較近的路人飄爲附身都不意外。

「依據之一是，我們直到現在還不曾看見任何涉案鬼魂現身，連戴佳琬都沒留在自己家裡。比起天馬行空地猜測作案動機，決定誰是眞凶的重點是『作案能力』。妳死了兩年，剛解開封印時連走路都二二六六，還肖想附我的身用電腦咧！戴佳琬才死了七天，鄧榮第四天就在屛東山上斷氣，不管是移動能力還是操控能力，看來她都比我的冤親債主還厲害。妳不覺得很扯嗎？」回歸現實面，厲鬼眞有那麼好當不早就天下大亂了。

「那是我善良可愛好不好？」許洛薇照例不要臉自誇。「那種恐怖死法難保不是有人教她邪術，用生命獻祭交換強大力量之類。」

我登時無言，許洛薇這句話有幾分道理。

這樁悲劇起源是神棍騙財騙色，還有個眞的是鬼並幕後操刀的老符仔仙，追根究柢和邪術並非全然無關，我自己就著過一次道。

「誰會教戴佳琬這種邪術？」

「老符仔仙的對頭啊！想要他絕子絕孫沒人祭拜或操弄厲鬼的戴佳琬，殺得無極天君人仰馬翻。」許洛薇愈說愈像那麼回事。

「話說回來，人不見得就是戴佳琬殺的，或者，不一定兩個都是。別忘了，吳法師得罪很多人，有錢又愛面子的女人，邪術門路鐵定比戴佳琬多得多。」我警告許洛薇，她太急著定罪戴佳琬了。

「好吧！那鄧榮比戴佳琬更可能殺掉吳耀銓，畢竟男人間合作破局恨到因此幹掉對手還比女人復仇常見咧！鄧榮說不定覺得問題出在吳耀銓引誘他幹壞事，都是他害的，或者怨他辦事不力，『不能只有吳耀銓活著，太便宜他了，要死大家一起死』。」紅衣女鬼吸著咖啡香開始不負責任拉長凶手名單。

「優先找出襲擊刑玉陽的鬼，那兩個神棍死後也可能不爽就報復刑玉陽。還有不能漏掉老符仔仙，他的寶貝乾兒子沒了，或許正醞釀著想給刑玉陽一個教訓。」我再度強調。

「結果每隻鬼都有可能對刑玉陽出手嘛！」許洛薇沒好氣道。

「動手的鬼首先得要會附身還能正常走路，這幾個死人裡實際上確定有能力附身而且很熟練的鬼只有無極天君。雖然那隻老鬼不敢殺人，但對象是刑玉陽，推下樓梯好像又還好，還可以陷害他誤傷小女孩。」我說完才意識到自己的發言有點不禮貌，算了，那是表示刑玉陽很強的意思。

我起身給自己回沖了立體茶包奶茶，第二泡已經沒什麼茶味，喝起來像淡薄的糖水，但我說得口乾舌燥，能解渴就滿足了。

最早與學長們一起調查神棍案件時，刑玉陽提出了很重要的原則，先鑑別靈異的「真」與「假」，別將一切推給惡鬼下的手，最恐怖的永遠還是人。

從戴佳琬自殺延伸出的死亡事件，我們再度牽涉其中，並且陷得更深，一切乍看順理成章，卻處處都是矛盾，透著詭譎的色彩。

「無論如何，刑玉陽被攻擊這件事很奇怪，之後可能從這裡衍生出一些嚴重問題，畢竟鄧榮和吳耀銓都死了。」許洛薇前面提到霸凌，我忽然想到，那些袖手旁觀的同班同學，當時壓根沒想到自己也有可能被憤恨的受害者拿槍掃射。

有些人懷抱正義出手相助，卻沒能帶來完美結局，一樣同罪。

你無法捉摸精神已然破碎變質的人怎麼想，有時只是無害的錯亂念頭，有時卻是如此自然的殺戮毀滅。

哪怕許洛薇一再強調戴佳琬喜歡刑玉陽，我在她留下的聲音和選擇自殺的方式卻感受不到愛意，而是對刑玉陽、對我們的攻擊，彷彿控訴每個插手過戴佳琬不幸人生的人都該對她的死負責任。

那股漆黑黏膩的沉重再度攫獲了我。

□

我的女鬼好友常常快樂得沒心沒肺，但她會怨恨無人及時救回她嗎？哪怕她只有一點點這種想法，都讓我的心變成針插。

「薇薇，妳說，戴佳琬明明知道刑玉陽很想救她、希望她好好活下去，偏偏用那麼駭人的方法自殺，到底是爲什麼？」我半是自問自答。「主將學長說戴佳琬用她的赤裸來羞辱對不起她的人……應該就是她的父母。她的死是一種控訴，難道不希望有個能被聽見看見的對象？畢竟那是她最後也沒能說出口的內心話。」

那個人當然只能是刑玉陽。

許洛薇飄到我的正上方，失去表情的臉宛若人偶，真正的亡者。

她說：「以前在美國有間很有名的麥克連精神病院，許多名門貴族和作家明星都曾待過那裡，裡面的生活和妳想像的恐怖精神病院不一樣，溫馨舒適又理想，可惜還是阻止不了接二連三的自殺行動。除了病人，還有不止一個醫生在裡面自殺。其他精神醫師裡有個人說了這麼一句話：『你對他人所能做的最壞的事，就是在他身邊自殺。』」

「什麼意思？」我被她虛無的眼神震住了。

「意思是連一群權威醫師都搞不懂、擋不了的事情，我們再怎麼猜也不一定對。不過猜猜又不犯法。」許洛薇聳聳肩，又恢復吊兒郎當的模樣。

「那妳覺得戴佳琬的理由是啥？」我認爲羞憤、絕望，甚至相信民俗厲鬼傳說復仇都有一點，但通常理智和生存本能也能攔住種種想死的念頭，到底是哪個原因溜過了防護網促使她實踐計畫？

「這樣做才能讓她喜歡的男人刻骨銘心。」許洛薇道。

「妳有想過讓誰刻骨銘心嗎？」我立刻反問。

「……沒有耶。」

她在說謊，終於找到許洛薇祕密的一絲線索了。

有個人，一個我不知道的傢伙，曾在生前對她造成重大影響。該死的！我一定要查出他是誰！

此外，我很在意她方才的異常反應。並不是說許洛薇活著的時候對我演戲，而是雖然號稱好友，但我不知道她實際上怎麼想，對友情也一知半解，加上實在受了人家太多恩惠，下意識保持距離。

我是眞把自己變成管家，將她當大小姐服侍。這樣很欠扁我自己也知道，反倒是死後的相遇才讓我確定，玫瑰公主雖然平常瘋瘋癲癲，但她是眞心交我這個朋友。

其實我對她的內心仍有許多不了解的地方。

「薇薇，妳怎會知道這種典故？該不會……」

「我沒有憂鬱症啦！是認識的朋友借我看的書，我總得關心一下人家的狀況咩！」她哇哇叫澄清。

許洛薇是不愛看課本，不過既然都讀中文系又是個公關高手，雜學能力自然不賴。

也是，我聽許洛薇說過她的幾個好朋友曾自殺未遂，這種事其實不怎麼罕見，但如果這個傻妞沒有防備地被潛移默化，我還是會非常生氣。

「那妳的死因是意外囉？」我不知哪來的勇氣劈頭就問，這個疑惑折磨我太久了，許洛薇不給我一點反應，我根本不知從何查起。

「欸……嗯……大概吧？」

許洛薇說完，有點尷尬地轉開臉，我於是知道她是鐵了心不想管自己爲何摔死，這女人最擅長逃避現實麻煩。

「我想拜訪戴佳琬的雙親，到她上吊的地方實際走一趟。刑玉陽看不到，不表示我們也找不到蛛絲馬跡。」我對許洛薇說。

「好啊好啊！」她照舊興沖沖，當成新的冒險。

尾聲

醫院裡，一場前哨戰正要發動。

我打定主意調查戴佳琬的死因，遺憾的是，偵探沒那麼好當，現實的第一道冷風立刻吹醒憨人的過度樂觀。

我根本不知道戴佳琬老家在哪。

「刑玉陽，我想去拜訪戴佳琬父母，你告訴我地址好不好？」輪到我看護傷患時，我小心翼翼提出要求。

長髮青年半坐半躺在病床上，僅是轉動眼珠子看著我，用最小的動作演繹了「不屑」的態度。

「想都別想。」刑玉陽斬釘截鐵。

「喂！」

「記錄太差，毫無信用，腦袋和體質都有問題。蘇小艾，少管閒事。」

趁鄰床沒人我卯起來盧了他一陣，傾倒各種可疑推論，不知怎地，還是沒能說出戴佳琬對他的扭曲依賴，大概是那樣聽起來太像在譴責刑玉陽。

套話這種事稍不留神就變成在傷口上撒鹽了，我對刑玉陽的挫敗感同身受，如果有人沒事來問我薇薇的生前隱私，或找我討論她的死，我眞的會很生氣。

刑玉陽被我煩不過，把我招過去低聲罵道：「妳以為戴佳琬父母會放一個自稱女兒朋友的陌生人進屋查東查西嗎？」

「呃，說的也是。」這點我無可反駁，又是一波寒流襲來。

我望著他平靜的側臉，眞是皇帝不急急死太監。

主將學長要我套話，這要從何套起？

「你打算怎麼辦？」我又問他。

「先出院再說。」刑玉陽避重就輕。

「你也覺得是戴佳琬對不對？」我沒他那麼高明的說話藝術，只能開門見山。

「蘇小艾，我說過沒證據時不要胡亂臆測。」

「你不讓我去找證據呀！」我有點急躁。

又不是拍電影，兩個小時內劇情就會有重大進展，遭惡鬼襲擊的懸念往往緩慢又幽微，像許洛薇對我預警的劫難也是從三個月開始倒數。但我想快點解決問題，等到精疲力竭、心神大意就來不及了。

「妳忘了我說厲鬼的注意力有限，但很容易受到刺激嗎？妳還想再被另一隻跟上？」刑玉陽低聲嚴厲道。

「可是你差點被殺了！」

「敵人已經出過手，我會提高警覺。」

他不肯正面回應關於戴佳琬的問題，這算默認嗎？

「那隻鬼除了你還會不會附身害別人？主將學長有危險嗎？」

「我不知道。」

「那戴佳琬的父母呢？她好像也挺恨他們的。」

「蘇小艾，不要用那麼爛的技術套話。」

我要抓狂了。「我才懶得套話，我是直接問啊！」

刑玉陽用手掌抹過額頭，半長髮被他抹到頭後又輕飄飄地落回肩膀。

「在我還沒釐清殺了吳耀銓和鄧榮的鬼爲何有那樣的能力前，不該輕舉妄動。」

「哪樣的能力？」

「附身有程度差異，妳應該比我更清楚，有些事鬼就算附身也無法操縱人做出來，更不用說新鬼靈識混亂，是否知道自己死了或懂得去哪裡找人還是未知數。警察都找不到鄧榮，妳覺得戴佳琬三天之內就能幹掉他？問問許洛薇她辦不辦得到？此外，同樣是鬼，吳耀銓有老符仔仙護著，爲何還是被附身得手？別忘了，老符仔仙還說過吳耀銓沒有靈感，個性好色凶狠，對鬼來說是更難附身的類型。我只能確定一件事。」

「什麼？」我吞嚥口水。

「不到七天內一口氣殺掉位置相距甚遠的兩個人，需要相當程度的綜合能力，這隻鬼非常不好惹，還有案件發生時間點和戴佳琬的死有關聯。」刑玉陽說。

我和許洛薇吹了一晚上的頭腦風暴馬上消散，考慮的視角好現實啊！白目學長。

我輕輕深呼吸，醫院特有的空調味道，微冷地沉悶。「這邊鬼魂多，薇薇趁機去打聽一些附身和厲鬼殺人的技術性問題，晚點說不定有收穫。」

「那樣也好。」刑玉陽淡淡道。

「你打算怎麼做？主將學長很擔心你，我知道你不想讓他涉入靈異，這點我也一樣。」我選擇單刀直入問他。

「蘇小艾，妳眞的很煩……」

「我兩隻腳都陷在惡鬼帶來的麻煩裡啦！你要調查惡鬼的能力，不正需要我和薇薇這樣的人手嗎？說過了我想要累積對付惡鬼的經驗，你要是覺得免費請我幫忙不好意思，就給我餐券嘛！還有你要是繼續被動挨打受傷，我那些還沒換完的餐券要找誰兌現？」刑玉陽的廚藝是我目前生活中不可或缺的小確幸。

「我是被餓死鬼纏上了嗎？」他嘴角抽搐。

「差不多啦！總之，你不讓我幫忙我也會自己行動。怎麼做對我們雙方都好，你考慮清楚。」我指著他的鼻子說完，雙手抱胸噴氣。

他仰頭沉思，看起來眞的很困擾。我有點小得意。

「好，我可以接受暫時和妳搭檔，但妳必須遵守一些條件。」

「沒問題，你說。」蘇小艾萬事好商量，一定會是萬裡挑一的好搭檔。

「不許私自行動，任何個別活動都必須事前報備。」

「好！」我也不想再麻煩兩位學長替我善後了。就是因爲我沒有要求，他們還是會出手，我才不好意思。

「有任何猜想，必須分享討論，保證思路能匯整運作。」

「一定的！那你也要分享喔！」

刑玉陽哼了一聲才不情願地點頭。

「活動時必要開銷記公帳，若有相關收入就從中扣除，餘額將來平均分攤。以這次的情況來說，就是我先代墊。」

「好人一生平安！」不怕死只怕沒錢的我忍不住歡呼。「等等，還會有相關收入嗎？」

「這次恐怕沒有。以前很缺錢，有加入團隊接委託，住進問題房地產替業主看看有無不乾淨的東西。」

刑玉陽不會公開廣告自己有白眼或陰陽眼，但他願意施展能力時，效果卻是鐵錚錚，因此很適合作爲某種先導場勘利器，再深入的溝通驅邪就不是他的任務了。

我和許洛薇將來說不定可以靠這種方式賺錢，許洛薇還能直接打掃靈異現場哩。我不禁丫丫了一下。

想歸想，殺鬼也有業障問題，這條生財之道暫時只能忍痛拋諸腦後。

「還有沒有？」我問。

「許洛薇視同妳的延伸，一樣得控制好她，不得造成妨礙。」

「當然，我本來就會這麼做。」有沒有腹肌劵可以賞給許洛薇呢？這句話我還是沒種問出口。

「最重要的一點。如果鎭邦反對，以上全數作廢。自己說服他，我不會幫妳。」刑玉陽看著瞬間結霜枯萎的我，露出扳回一城的笑意。

「我會說服他！是他要我們用盡一切辦法保護自己，其實他已經支持我們去調查了嘛！攻擊就是最好的防守！這也是主將學長的口頭禪……這個理由可以嗎？」我下意識尋求主將學長好友的意見。

「不予置評。」刑玉陽說不幫就不幫。

「刑玉陽！」

「噢，差點忘了最後的條件。」他的微笑愈發不懷好意。

「還有什麼要求快點說，別吊胃口了。」

「開始合作後，必須叫我『學長』。」

「可是當初你說討厭被叫學長？」我寒毛慢慢豎起來，有股不好的預感。

「現在依舊討厭，但我更討厭有個學妹沒大沒小不服管教。」

媽啊！刑玉陽真的要玩學長學帝雉……說錯，學長學妹制了！我苦。

「叫啊！」他命令道。

「學長……」我試著這樣稱呼他，立刻僵住。

我無意識退到病床尾，挺直背脊，雙手垂在腿邊，張大眼睛表情誠懇，簡單地說就是「我很乖，隨時follow指示」的模樣。

刑玉陽是主將學長那個level的人，他先前高傲到有剩，不屑用前輩資格壓我，我對他就真的沒有對學長的態度，我還以為他喜歡這樣。蘇小艾同志，妳真是天真無邪。

刑玉陽很滿意。

「奇怪？」我甩甩頭，想找回先前連名帶姓叫他時的放鬆心態。「學長」二字帶來的壓迫感卻徘徊不去。

其實不單是主將學長，在學校時我對該叫學長姊的對象稱呼總是中規中矩，算是會主動落實前後輩關係的人，當然也要看對方值不值得我尊敬，至少對社交技巧低落的我來說，把主導權交給年長者比較不用煩惱該怎麼應對。

再說，柔道是很講究前後輩關係的運動，本來就存在的學長姊先不提，年紀比我小，但柔道資歷比我久的人，比如殺手學弟，其實我心中也拿他當前輩看待，只是他學姊叫得歡，我也就厚著臉皮應下來了。

「我知道妳家教很好，鎮邦也把妳訓練得很好，只要是被妳叫學長姊的人，妳就會拿出該有的態度，大概也能說是古典制約的一種。」

我在心中靠北了一陣，他是怎麼發現我這個弱點？我只是需要一個身分模式幫助我穩定與人相處，比如老師與學生、同班同學、社團夥伴，或者跨年級科系的前後輩關係。彬彬有禮其實不是眞實的朋友相處方式，但對沒打算深交的對象也算能讓雙方愉快，而我基本上不準備和任何人深交，沒有這個本錢。

本來我這時就會回嘴了，但我只是傻傻地盯著他看，刑玉陽稍嫌無趣地轉開目光。

「不要再陽奉陰違，蘇小艾。」

「好的，學長。」

我沒有失望，不如說鬆了口氣。我有點怕無意間和他變得太親近，雖然不可能是戀愛那方面的依賴，但食物的依賴卻有可能落坑。其實我早該明白，就算朋友也不能為我遮風擋雨。

許洛薇的資源在她死後仍然保護著我，導致我始終不懂當朋友的適當界線。刑玉陽不是一起練柔道的社團夥伴，住得近像鄰居，同在一個靈異小組裡，又可說是救命恩人，讓我更加困惑，要是能當成學長對待就簡單了。

至少我絕對不會像戴佳琬那般依賴他，這樣不對。

「你們在談什麼？為何小艾忽然叫你學長？」主將學長的聲音赫然從背後冒出。

「刑學長答應我可以當他搭檔，但必須遵守規則。」我被神出鬼沒的主將學長嚇出一身冷汗，雖然進病房要安靜是常識，但他的腳步未免太輕了。

「包括喊他學長？」主將學長看向刑玉陽的眼神，彷彿對方搶走了他某樣東西。

難道這是小弟（妹）被挖牆腳的不悅？主將學長大可放心，我對他的忠誠不容質疑。

「對呀！」我大方地出賣刑玉陽。

主將學長沒有第一時間反對我和刑玉陽搭檔，這是好兆頭。

「等等仔細解釋給我聽。」主將學長說。

「會的，但有件事我想先請問主將學長。」無論如何，主將學長一定是最大的。

剛下班的主將學長一邊從塑膠袋中拿出宵夜，同時目光沉沉看著我們。

雖然套話目標百分之百失敗，但也混到一個搭檔資格，遠交近攻都不是問題，我給主將學長一個任務有進展的眨眼。

「話說，那個，我的安全措施還沒解除對吧？」因爲我莽撞地喝了符水，還差點被老符仔仙操縱成功，主將學長迄今沒取消監視我的房門，就算我不在家，還是要定時回報。

「一波未平，一波又起，小心起見，我們不能冒任何風險。」主將學長強調。

「我就是這個意思，所以我覺得，刑學長也需要安全措施，請主將學長比照辦理在他的房間安個鏡頭，這樣我們都可以放心。」我確定臉上憨厚的笑容很堅固。

「蘇小艾，妳皮癢了？」刑玉陽語調危險。

「我當然不敢偷看刑學長的隱私。」話說也沒興趣。「只好請主將學長辛苦一點了。等刑學長出院後，晚上我們可以一起開聊天室，呵呵。」

不然回家後又要面對只有我和主將學長的視窗對話，我一直覺得很彆扭。

「鎮邦，我不需要，你幾時看我被附身過？」刑玉陽放出殺氣。

「我直到上大學才知道你的眼睛不是白內障，你從小就戴眼罩或隱形眼鏡唬人，還騙我後發性白內障會不斷反覆長出來，要定期靠雷射療法清除。」主將學長冷不防指控童年玩伴。

「你是無神論者，我只是想省點麻煩過普通生活。」刑玉陽辯解。

「小艾說得有道理，鬼魂之事我太不了解，多一層保險也好。你回房間只是睡覺，鏡頭我想放在吧檯更好。店面是公共空間，沒什麼不能見人的地方。」

刑玉陽啞口無言，又不能雙重標準主張自己例外，這個虧他是吃定了。

這才叫男女平等，主將學長一如既往沒讓我失望。

「蘇小艾，妳很高興？」刑玉陽認為都是我的錯。

「你要是手不方便的話我可以幫你打掃店裡。」我不忘幫自己爭取工作機會，至少刑玉陽是個已經混熟的學長，對於熟人，我也沒那麼客氣。

剛認識時只覺得是個白目又渾身是刺的怪人，想都沒想過我竟然有和刑玉陽組成搭檔的一天。

戴佳琬死了，刑玉陽受傷，包括我在內的一些人彷彿正走向一座充滿尖牙與毒液的陷阱，過去父母被邪祟的糟糕經驗讓我明白，坐以待斃不如立刻行動，就算不得要領，也好過變成餵給陷阱的飼料。

許洛薇躲在刑玉陽視線死角搞笑地比著撒花動作，又朝我嘟著嘴唇送飛吻。

「有我在，沒問題的啦！」她原地轉了一圈，優雅地拉起鮮紅裙襬行了個禮。

「一起加油吧！」我不知不覺被她逗笑了。

刑玉陽愣了一下，狐疑地轉頭，許洛薇趕緊溜到我這邊。他皺皺眉頭，神色倒沒有先前那麼嚴峻，主將學長則含笑看著我們。

我忽然冒出一個俗氣想法，活著其實很幸福，能夠站在某些人旁邊，搭搭話做做事，再平凡不過的風景，這樣就足夠了。

《玫瑰色鬼室友．業事如織》完

下集預告

神棍受害者上吊自殺後變成厲鬼親手復仇，又帶著扭曲的愛接近刑玉陽，小艾被女鬼強行綁架，命懸一線。
人生在世命運殊途，鬼死之後會爲何物？
恩怨交錯的挑戰，小艾與薇薇持續攜手向前！

玫瑰色鬼室友

vol.3 狂靈隨行

今年春夏 熱烈登場！

國家圖書館出版品預行編目資料

玫瑰色鬼室友.卷二,業事如織 / 林賾流 著.
——初版. ——台北市：魔豆文化出版：蓋亞文化發行，2018.1
面； 公分.（Fresh；FS150）
ISBN 978-986-95738-2-5（平裝）
857.7 106023338

fresh FS150

玫瑰色鬼室友 vol.2 業事如織

作者 / 林賾流
插畫 / 哈尼正太郎 封面設計 / 克里斯
出版社 / 魔豆文化有限公司
地址◎ 台北市103赤峰街41巷7號1樓
電話◎（02）25585438 傳真◎（02）25585439
部落格◎ gaeabooks.pixnet.net/blog
臉書◎ www.facebook.com/Gaeabooks
電子信箱◎ gaea@gaeabooks.com.tw
投稿信箱◎ editor@gaeabooks.com.tw
郵撥帳號◎ 19769541 戶名：蓋亞文化有限公司
發行 / 蓋亞文化有限公司
法律顧問 / 宇達經貿法律事務所
總經銷 / 聯合發行股份有限公司
地址◎ 新北市新店區寶橋路二三五巷六弄六號二樓
電話◎（02）29178022 傳真◎（02）29156275
港澳地區 / 一代匯集
地址◎ 九龍旺角塘尾道64號龍駒企業大廈10樓B&D室
電話◎（852）2783-8102 傳真◎（852）2396-0050
初版一刷 / 2018年 1月
定價 / 新台幣240元
Printed in Taiwan

ISBN / 978-986-95738-2-5

魔豆

魔豆